Invasione alleata della Sicilia
Un romanzo sulla Seconda Guerra Mondiale

Richard G. Hole

Seconda Guerra Mondiale

SINOSSI

La nebbia sempre sgradevole impediva la completa visibilità. Gli aerei britannici volavano in perfetta formazione in direzione dell'obiettivo prefissato. Al centro di essa erano collocati gli ordigni da bombardamento e coprendoli volavano i caccia. Era passato appena un quarto d'ora da quando avevano lasciato la base in Africa e si stavano dirigendo verso le isole dove avrebbero sganciato le loro cariche mortali...

Invasione alleata della Sicilia è un racconto appartenente alla raccolta World War II, una serie di romanzi di guerra ambientati nella seconda guerra mondiale.

INVASIONE ALLEATA DELLA SICILIA

CAPITOLO I

DEFINISCI UN BISOGNO

"Esatto, signori, le mie parole aderiscono strettamente alla realtà. È necessario, assolutamente necessario procedere all'occupazione delle tre isole del canale di Sicilia, perché sono di fatto il ponte che ci porterà all'obiettivo siciliano. Sarebbe del tutto impossibile fare un salto sull'isola, lasciando da parte Pantelleria, Lampedusa e Linosa .

Coloro che erano lì ad ascoltare le sagge parole di Eisenhower facevano di tanto in tanto un gesto affermativo, come per esprimere il proprio accordo con le parole del generale. Continuava a parlare.

"Queste tre piccole isole, che non hanno importanza territoriale, in realtà hanno per noi un grande valore strategico. Non credo sia facile prendersene cura. Gli italiani le avranno ben difese, motivo per cui ritengo estremamente pericoloso ribaltare le nostre truppe da sbarco senza aver precedentemente bombardato intensamente le zone di operazione. Di ciò, com'è logico, si occuperà l'aviazione con il supporto della marina. Qualsiasi domanda?

Un colonnello dell'aviazione, che aveva diverse decorazioni sul petto, alto, magro e con una faccia un po' infantile, domandò:

"Quando dovrebbero iniziare questi bombardamenti?

Eisenhower, sorridendo, rispose all'interrogante:

«L'ordine è già stato dato.

"Che significa...?

"Che dovrebbero iniziare immediatamente.

Ci sono stati alcuni momenti di silenzio durante i quali si è potuto sentire il respiro dei presenti.

Erano i primi giorni di aprile. Le giornate erano calde e si allungavano continuamente. Il sole, secondo dopo secondo, batteva l'oscurità della notte. Ma era già caduto completamente quando anche all'interno della casa si poteva vedere il movimento di coloro che vi erano raccolti. L'incontro è durato diverse ore, il che ha dimostrato l'importanza delle questioni che sono state discusse e sviluppate nel corso dell'incontro.

Eisenhower, indicando con un lungo puntatore, parti di una grande mappa che era appesa a una delle pareti. La mappa rappresentava la parte nord-orientale dell'Africa, la Sicilia e l'Italia meridionale.

"...questo è il piano delle operazioni" terminò il generale, voltandosi a guardare i presenti.

Uno di loro, alzandosi, chiese:

"Il generale pensa che gli italiani opporranno molta resistenza al nostro sbarco?

Il generale sorridente rispose alla domanda nei seguenti termini:

"È naturale che si oppongano, ma se sarà molto o poco, non posso rispondere finché non saremo in marcia.

"Comprendere.

"Le isole stesse", riprese Eisenhower, "sono povere, quindi se chiudiamo i gruppi di rifornimento, non saranno in grado di resistere a lungo al nostro continuo assedio. E una volta che le nostre forze saranno stazionate su quelle piccole isole, il resto è il più semplice possibile.

Le parole del generale sembravano compiacere i presenti, che sorrisero di soddisfazione nell'udire le sue ultime parole. Quest'ultimo, guardando l'orologio, disse:

"Non c'è più niente, signori. Entro poche ore riceverai specifici ordini individuali e in busta chiusa. Possono ritirarsi alle loro basi.

I capi presenti si sono alzati dai loro posti e, facendo commenti isolati, hanno lasciato la stanza. Eisenhower rimase solo all'interno della stanza, contemplò in silenzio la mappa che gli era distesa davanti e sorrise, soddisfatto. Accese una sigaretta e rimase immobile per qualche secondo. Poi si diresse anche lui verso l'uscita. L'aria fresca della notte salutava chi usciva dall'interno di quella casetta. I motori delle auto militari si sono accesi, hanno rombato, si sono accesi i fari squarciando il buio e le auto, lungo la strada tortuosa, si sono allontanate dall'edificio.

L'auto militare della RAF, correva vertiginosamente, lasciando dietro di sé una densa nuvola di polvere. Superando la strada accidentata, l'auto si stava avvicinando alla sua base a Tobruk. In lontananza si vedevano le luci della città africana. Nel silenzio della notte, il rombo del motore sembrava intensificarsi. All'interno dell'auto, i suoi occupanti volevano raggiungere la base e porre fine a questo fastidioso viaggio. Il colonnello Burton, capo della base aerea di Tobruk, era un uomo di poche parole, alto e robusto, che sembrava più giovane dei suoi anni. I suoi capelli biondi leggermente brizzolati contrastavano con il castano rossastro del suo viso. I suoi occhi chiari, allo stesso modo, risaltavano enormemente sul colore della sua pelle. Le dita delle sue mani lunghe e spatolate dimostravano la destrezza manuale di cui era dotato. Accigliato, rimase in silenzio sul sedile posteriore dell'auto che lo stava portando alla base. In realtà l'automobilista ha fatto di tutto per evitare le grosse e abbondanti buche, senza poter evitare, prendere l'una o l'altra. Per tutto il tragitto il colonnello aprì la bocca. Sembrava immerso in meditazioni profonde e interessanti. Solo verso la fine commentò:

"Questa strada è molto brutta.

L'autista, sentendo il commento del colonnello, rispose alquanto stupito:

"Sì signore, lo è, faccio del mio meglio per evitare le buche, ma sono così vicine tra loro che...

Facendo un gesto con la mano, il colonnello interruppe l'autista dicendo:

Beh, io non ti dico niente.

"Grazie.

Il viaggio continuò senza che si sentisse un'altra parola dall'interno dell'auto. Stava spuntando l'alba quando l'auto rotolò sui binari del campo, verso le dipendenze dello stesso.

CAPITOLO II

IL PIANO È SVELATO

Il pilota quando non vola si sente a disagio e irrequieto a strisciare a terra. Quando il veleno del volo entra nel sangue di un uomo, è continuamente attratto verso gli spazi aperti da una forza indefinibile. Volare, diventa quasi una necessità per il pilota, quando la nostalgia e l'amarezza prendono il sopravvento sull'uomo che per gravi motivi non è in grado di volare.

Si sapeva che era in preparazione una nuova azione. I piloti della base erano nervosi oltre che ansiosi di iniziare l'azione che sembrava essere studiata. Erano diversi giorni che non c'era stato davvero alcun intervento serio, o alcun volo importante, e questo era motivo sufficiente per l'insoddisfazione dei piloti, abituati all'azione continua. Ma è bastata la notizia che era in programma una nuova e importante azione militare per far risollevare gli animi e manifestare ansia sui volti dei piloti. Positivamente e ufficiosamente, non si sapeva nulla di certo, tuttavia, "quando il fiume suona, trasporta acqua", ei piloti lo sapevano.

Il sole batteva sul campo e il riflesso era cocente. I cespugli verdi erano scoloriti e si asciugavano molto velocemente sotto quel sole estenuante. Al riparo da lui nelle baracche di legno e ondulato, i piloti della base di Tobruk commentavano e ipotizzavano quello che sarebbe successo.

"Signori, è giunto il momento di sciogliere le nostre membra, con ciò intendo dire che si avvicinano le ore di lotta e di combattimento.

Ci fu un mormorio di preoccupazione e di approvazione da parte dell'assemblea.

"Ci attende una lunga serie di voli" ha proseguito il colonnello "a ricompensa del lungo e quasi letargico riposo di cui abbiamo goduto. Dobbiamo lanciare i nostri aerei in un continuo bombardamento delle Isole del Canale della Sicilia. L'Alto Comando ha deciso per conquistare la Sicilia, ma per raggiungerla è assolutamente necessario partire dalla conquista delle isole di Pantelleria, Lampedusa e Linosa, che in realtà, come si può capire, sono le teste di ponte, necessarie per forza.

Un gesto di unanime approvazione raggiunse il colonnello, che si sentì soddisfatto dei suoi uomini.

"Inizieremo una totale devastazione di tutte le difese, sia costiere che interne, delle tre isole. Noi con i nostri dispositivi dobbiamo svolgere il nostro lavoro con uno scopo perfetto. I voli inizieranno domani mattina alle cinque del mattino. Per fare ciò, il secondo e il terzo squadrone di bombardamento, protetti da due gruppi di battaglia di uragani, partiranno completamente attrezzati per la missione.

Le ultime parole del colonnello furono accolte con grande entusiasmo dai presenti. Quegli uomini erano davvero desiderosi di combattere per i loro principi e i loro ideali, il coraggio della guerra si rifletteva in loro.

"Qualsiasi domanda?

Nessuno ha fatto il minimo segno di voler chiedere qualcosa. Il colonnello, asciugandosi con un fazzoletto la fronte sudata, finì dicendo:

"Alle tre e mezza del mattino mi incontreranno proprio qui i capi delle squadre di cui ho parlato. Niente di più.

Il maggiore Charles Cameron stava camminando lentamente verso la sua stanza, quando sentì dei passi dietro di lui e una voce, che riconobbe immediatamente come quella del colonnello, che diceva:

«Vorrei parlare con lei, maggiore.

Girandosi e salutando, Cameron ha risposto:

"A sua disposizione, signore.

Con un gesto il colonnello indicò al Maggiore di proseguire nel corridoio, dirigendosi verso l'uscita degli ufficiali, dove c'era un piccolo bar. Una volta in quella stanza, il colonnello, fissando il maggiore, disse:

"Ho molta fiducia in te, Cameron.

"Grazie mio Signore.

Accendendosi una sigaretta e offrendone un'altra al maggiore, il colonnello continuò.

"Abbiamo iniziato una fase di duro lavoro e personalmente gli auguro buona fortuna. In realtà non credo sia molto difficile occupare queste tre isolette. Comunque è sempre bene augurarci buona fortuna e, ripeto, lo auguro a voi.

A denti stretti, quasi imbarazzato dalle parole del colonnello, il maggiore rispose:

"Ti ringrazio per le tue parole.

"Sei l'uomo che merita la massima fiducia in me, di quelli che sono qui. Hai combattuto diverse volte sotto il mio comando: e conosco la tua fibra. So che è dura. Affido a te il comando completo della missione.

"Grazie.

"Non darmeli. Forse porterà alla sua morte.

«O forse alla gloria.

Entrambi gli uomini rimasero a fissarsi l'un l'altro, come se si aspettassero una reazione improvvisa. Abbassando gli occhi, l'anziano disse:

«Spero di non deluderla, signore.

«So che non lo farà.

L'orologio da parete contava le ore, con marcia agghiacciante. Il Cameron più anziano lo guardava di tanto in tanto, come se si aspettasse qualcosa, e infatti lo era.

"È nervoso?" chiese il colonnello.

" Non so cosa dirti. Pensando a quello che sta arrivando ti dirò che sono un po' nervoso, non è per le liti che dovrò affrontare; piuttosto è per paura di quella fiducia che hai riposto in me.

"Perché?

"Se fallivo, sarebbe un duro colpo, dal punto di vista morale. Mi influenzerebbe più di quanto tu possa immaginare.

"Non prenderla in questo modo, maggiore," disse il colonnello in tono consolatorio, continuando.

"Sei un grande aviatore. Lo sappiamo tutti e dovresti saperlo anche tu. Questo gli darà fiducia in se stesso, che è il più grande di tutti gli incentivi, quando dobbiamo affrontare casi come questo.

"Lo so, però...

"Niente, maggiore, non ti permetto di esitare in alcun modo.

"Buono.

"Ora devi ritirarti a dormire per qualche ora. Pochi in realtà, perché non ne ha molti. Vai a riposare i nervi.

"Grazie mio Signore.

Alzandosi dalla comoda poltrona dove era seduto, salutò il suo colonnello e si avviò lentamente verso l'uscita. Una volta raggiunta, sembrò esitare un attimo, ma poi con mano ferma aprì la porta uscendo dalla stanza. Il colonnello lo guardò andarsene, osservando ogni sua mossa.

Charles Cameron, sdraiato sul letto, pensava agli anni della scuola, che erano già alle spalle. A quel tempo aveva trent'anni e la sua vita militare era piena di gloria; tuttavia, nel profondo c'era qualcosa che non gli permetteva di essere felice. L'orologio continuava a ticchettare. Le ombre della notte sarebbero state spezzate dalla luce dell'alba. In assetto di volo completo, il maggiore è andato alla ricerca di ordini specifici.

CAPITOLO III

ALLARME

La nebbia sempre sgradevole impediva la completa visibilità. Gli aerei britannici volavano in perfetta formazione in direzione dell'obiettivo prefissato. Al centro di essa erano collocati gli ordigni da bombardamento e coprendoli volavano i caccia. Era passato appena un quarto d'ora da quando avevano lasciato la base africana e si stavano dirigendo verso le isole dove avrebbero lasciato cadere le loro cariche mortali. A parte la nebbia che annebbiava l'atmosfera, la giornata era perfetta per il volo. Un leggero vento contrario aveva permesso all'aereo di raggiungere un'altezza rispettabile. Maestosi, gli aerei volavano mantenendo le comunicazioni radio. Sotto di loro, il mare si stendeva, perfettamente calmo, la luce del sole nascente scintillava sulla sua superficie. A poco a poco, la nebbia si lasciò alle spalle e il cielo azzurro assunse una nitidezza esuberante. In lontananza, all'orizzonte apparvero le sagome dei bersagli. Verso di loro erano diretti gli apparati . Il maggiore Cameron era di nuovo di fronte al nemico, le sue mani muscolose aggrappate al posto di comando, i suoi piedi appoggiati sui pedali del timone. Il suo apparato nella testa dirigeva l'operazione.

" Attento al tritato; scivolare a destra. Dieci secondi!

Dieci, nove, otto, sette, sei, i secondi passavano e il gruppo di bombardamento si preparava al lancio...

Zero...!

... gli aerei allinearono i loro archi, sui bersagli sparsi sotto di loro che si tuffavano rapidamente. Gli altimetri scendevano all'unanimità, mentre la terra sembrava avvicinarsi ai dispositivi. Improvvisamente, le batterie antiaeree dell'isola attaccata, hanno aperto il fuoco su di loro. C'era da aspettarsi che le difese italiane avrebbero agito. Tuttavia, l'isola era difesa più pesantemente di quanto si credesse. Le unità antiaeree spararono molto rapidamente, quindi per un momento gli inglesi furono colti di sorpresa. Dalle pance nere degli aerei britannici arrivavano le micidiali bombe. Con un sibilo agghiacciante, caddero obliquamente a terra. Le esplosioni si sono susseguite. Cameron ha guadagnato quota e dietro di lui i restanti bombardieri. Anche in questo caso gli ordigni erano pronti a lanciarsi sui bersagli. Tuttavia, davanti a loro apparve improvvisamente un'abbondante formazione di dispositivi di caccia nemici. La lotta prometteva di essere più forte del previsto.

«... ho fiducia in te, ho fiducia in te...». Le parole del colonnello martellarono le tempie del maggiore Charles Cameron.

I caccia britannici, gli Hurricanes, attaccarono gli aerei nemici con una forza micidiale. Gli ordigni di entrambe le fazioni si rincorrevano in un terribile inseguimento, lasciando nello spazio chi veniva colpito da nere scie di fumo. I bombardieri, ignorando il più possibile la presenza dei caccia nemici, continuavano il loro ostinato bombardamento, mentre gli Hurricanes si occupavano dei caccia. Il fuoco delle batterie costiere era quasi cessato quando apparvero i combattenti italiani. L'inferno era in paradiso. Un bombardiere inglese colpito dal fuoco italiano esplose a mezz'aria, il suo relitto in fiamme cadde sulla terra battuta dell'isola. I piloti purtroppo sono morti. Con sguardo fisso e inespressivo, Cameron seguì la traiettoria dei resti dell'aereo connazionale. Le mitragliatrici di entrambi gli schieramenti non cessavano di intonare le loro macabre canzoni, il piombo da loro sputato, solcava gli spazi in tutte le direzioni, riempiendo tutto di morte e di terrore. Il combattimento tra i combattenti era sanguinario, ma nobile. Gli ordigni si sono avventati l'un l'altro e quando sono stati a una certa distanza hanno sparato con le loro armi. I piloti hanno effettuato voli veramente magistrali per evitare di essere investiti dalle raffiche. I proiettili traccianti sembravano fantasmi che inseguivano il nemico prescelto. Il maggiore Cameron, terminata l'esibizione, quando le riserve di bombe furono esaurite, ordinò quindi il rientro alla base.

Gli aerei italiani inseguirono ostinatamente l'aereo della RAF. I combattenti britannici attaccarono rabbiosamente gli inseguitori.

Alzando gli occhiali e allentando un po' la cintura di sicurezza, disse il maggiore al suo secondo, di stanza nella cabina di pilotaggio posteriore.

"Non è stato male all'inizio.

Il secondo, alzando lo sguardo dal cruscotto e facendo un cenno all'anziano, rispose:

"Non molto meno, è stato previsto. Non mi aspettavo che gli italiani ci accogliessero con tanta energia.

"Nemmeno io...

Improvvisamente il secondo chiamò il mayar .

"Perdiamo carburante!

Abbastanza sicuro, l'ago dell'indicatore del carburante è caduto pericolosamente.

"Abbiamo un vento favorevole. Arriveremo, ne sono certo, se le condizioni atmosferiche non cambiano.

Il secondo pilota, con un gesto dubbioso, rispose al maggiore.

"Vedremo.

"Non esitare.

L'apparato ha continuato a volare a un ritmo costante. Il vento in coda sembrava intensificarsi e allo stesso tempo la perdita di carburante sembrava essersi arrestata. Il più anziano, rivolgendosi al secondo, disse:

"Sta andando tutto bene, arriveremo.

" Così sembra. Il vento in coda ci dà un grande vantaggio.

"Certo.

In lontananza si cominciavano a distinguere i contorni della costa africana. La gioia ha inondato i cuori degli aviatori. Cameron fece un respiro profondo. Il suo aereo reggeva e allora non aveva dubbi che avrebbe raggiunto la base di Tobruk.

Il motore stava iniziando a fare cilecca mentre il maggiore Charles Cameron sorvolava la base. Tuttavia, non aveva più paura; stava sorvolando il campo d'aviazione.

"Siamo salvi! gridò il maggiore, rivolgendosi al secondo.

"Sì, non nego che avevo paura di non arrivare.

"Ma laggiù c'è il nostro terreno solido. Sto per atterrare. Aspettare. L'aereo ha iniziato a perdere quota dirigendosi verso il suolo in un volo leggermente inclinato. Dopo alcuni momenti di angoscia, Cameron raddrizzò l'aereo, cadendo a terra con un perfetto tiro da tre punti. L'aereo rotolò sul terreno dirigendosi verso gli hangar. Dopo l'apparato del più grande seguirono gli altri atterrando in perfetto ordine tutti.

"Pronti" disse il maggiore, uscendo dalla cabina di pilotaggio e togliendosi il casco da volo.

"Grazie a Dio" commentò alle sue spalle il secondo.

"Date gli opportuni ordini di rivedere l'apparato.

"Buono.

"Fammi in pochi minuti un resoconto delle perdite e dei danni subiti negli altri dispositivi.

"Si signore.

"Rendilo esatto.

"Buono.

Con passo deciso, il maggiore si recò nell'ufficio del colonnello, con l'intenzione di rendere conto di tutto quanto era accaduto. Durante il giro del breve spazio che lo separava dall'ufficio, gli vennero in mente una moltitudine di idee. "Non sono un fallito. Non ho deluso il colonnello». In realtà il Cameron più anziano non era mai stato un fallito, tuttavia non era mai contento di se stesso, tutto quello che faceva gli sembrava poco e senza valore. Si fermò qualche istante davanti alla porta dell'ufficio, pensò a che espressione avrebbe dato al suo viso, e poi entrò deciso. Lo sguardo del colonnello si fissò su di lui. A volte provava un'angoscia angosciata.

"Al suo servizio Sig.

Alzandosi, chiese il colonnello.

"Cosa c'è di nuovo?

CAPITOLO IV

I COMMENTI

Il bar della base aerea di Tobruk era gremito di piloti e ufficiali che discutevano dell'intervento effettuato sulle Isole del Canale siciliane . ammirazione.

"Gli italiani erano preparati: come conoscevano la nostra offesa? Accadono cose molto strane; Ti assicuro.

Un giovane pilota, forse il più giovane di tutti quelli che erano lì, che, per le decorazioni che gli ricoprivano il petto, sembrava essere un vero asso della navigazione aerea, rispose:

"È stata la cosa più logica e naturale. Sapevano che in poche ore di volo, partendo da Tobruk, eravamo su di loro, quindi dovevano essere preparati e...

"Non sono d'accordo" interruppe il vecchio pilota, continuando. L'alto comando ci aveva comunicato che gli italiani erano del tutto impreparati.

"Ma le cose di solito accadono nel modo in cui meno te lo aspetti.

"Cosa intendi?

"Beh, quello, non possiamo fidarci minimamente di nessuno.

"Perché?

"Gli italiani, ovviamente, avranno il loro servizio informazioni.

I presenti rimarranno in silenzio per qualche istante come se studiassero le ultime parole del giovane aviatore. Guardò i suoi compagni, e all'improvviso gli sorse il dubbio se forse li avesse offesi con le sue parole.

" Credo che capirai le mie parole" avvertì con un tono di voce un po' remissivo. I suoi compagni gli sorrisero e uno di loro gli diede una pacca sulla schiena e rispose:

"Amico, mi sembra che tu legga troppi romanzi cruenti.

Tutti risero e il suddetto rispose.

"È passato molto tempo dall'ultima volta che ho letto romanzi polizieschi, ma non nego che prima ne leggevo quanti più potevo mettere tra le mani. Alcuni sono molto interessanti e ci si distrae per pochi soldi, e...

Un ufficiale avvicinandosi all'oratore lo interruppe dicendo:

"Senti, Powell, non c'è bisogno che ce lo spieghi, ma sappiamo già la tua grande capacità di leggere e tutta quella roba, che se non ricordo male ci hai spiegato almeno un paio di centinaia di volte.

Un po' imbarazzato, Powell alzò lo sguardo e fissò da sopra la spalla del collega il maggiore Charles Cameron, che gli sorrise per l'espressione perplessa sul suo viso.

"Mi fai stare zitto?

"Non è questo, quello che non vogliamo è che tu ripeta l'album.

"Bene, allora me ne vado.

Prese il berretto, il pilota Powell iniziò ad allontanarsi dal gruppo formato dai suoi compagni, che ridevano del suo aspetto bonario. Il maggiore Cameron avvicinandosi al capitano Leith disse:

"È davvero un bravo ragazzo.

Rivolgendosi al capitano al quale parlava, rispose con tono affermativo.

«Sì, signore, lo è.

"Penso che lo incasino troppo.

"Voi credete?

"Sì.

"Cercherò di risolverlo.

Cameron bevve un altro sorso dal suo bicchiere di birra e poi guardò in silenzio il gruppo di piloti per qualche istante. Gli aviatori hanno parlato degli argomenti più diversi, cambiando quasi continuamente la conversazione di sfumature e colori. Uno degli argomenti più sfruttati è stato parlare del passato, delle case che avevano lasciato, della famiglia lontana, delle fidanzate e degli amici che volevano vedere. Tutti si appassionavano all'argomento, e in genere, quasi per rigore, gli aviatori spiegavano la loro vita, quasi con i capelli e l'inchiostro.

"... Questa è la mia vita...

"Molto volgare", rispose il capitano Leith a un tenente che aveva appena raccontato alcuni fatti di quella che chiamava "la sua vita frenetica".

"Non c'è niente di volgare," rispose un po' offeso alla risposta del capitano.

Destinato a farlo arrabbiare, Leith non ha cambiato idea.

"Non trovo nulla in lei che valga la pena menzionare.

«Lo fa apposta per farmi incazzare, vero?

"Niente di tutto questo, ti do la mia opinione più sincera.

Gli aviatori sorrisero dell'irritabilità del compagno. Il capitano Leith sembrava divertito.

Verso le otto di sera il bar della base è stato chiuso, costringendo tutti gli aviatori a liberarlo. Con un gesto di dispiacere uscirono. Il maggiore Cameron se n'era andato da tempo, lasciando i suoi compagni persi nelle spiegazioni delle rispettive vite. La notte era limpida; forse in eccesso. La luna piena appariva come un grande disco sospeso nello spazio. A nessuno dei piloti piaceva quella luce, era l'ideale per subire un attacco notturno. Il capitano Leith, dopo essersi accesa una sigaretta, si appoggiò al davanzale della finestra, osservando il campo di atterraggio che si stendeva davanti a lui. All'improvviso sentì qualcuno che glielo chiedeva da dietro.

"Preoccupato ?

Il capitano si voltò per vedere chi gli stava parlando e riconobbe il suo partner, il capitano Sammy Geldon .

"No.

"Pensiero?

"Qualcosa del genere.

Geldon guardò il suo compagno con una certa curiosità e, senza poterne fare a meno, chiese:

"A cosa stai pensando?

Leith senza guardare chi chiedeva ea bassa voce rispose.

«Sul maggiore Cameron.

"Nel maggiore! Come mai?

"Vorrei sapere cosa nasconde nella sua vita precedente, voglio dire prima che si trasferisse. Tutti noi abbiamo spiegato la sua vita innumerevoli volte, e tutti sappiamo cosa abbiamo fatto fino ad oggi, ma lui, se ci fai caso, tiene nascosto il suo passato.

«In un certo senso hai ragione, ma ci ha detto che era un archeologo.

"Ma nient'altro...

Leith fece alcune lunghe boccate, poi si lasciò uscire dal naso due fili di fumo.

«E cosa ti importa del passato dell'uomo più anziano?

"Non è che sono davvero preoccupato, è che sono curioso di sapere cosa non spiega; conoscere la sua vita.

"Forse il giorno in cui meno te lo aspetti, rilascerà tutte le cose della sua vita e allora rimarrai deluso.

"Può essere.

"Puoi esserne quasi sicuro.

"Sarei felice se lo fosse.

I due ufficiali iniziarono a camminare fianco a fianco, dirigendosi verso le camere loro assegnate. Geldon guardando il cielo e facendo un gesto di preoccupazione disse:

«Non sarebbe difficile per noi avere una visita stasera.

" Potrebbe essere, ma è meglio non pensare.

"Certo.

"Buonasera, e non creare un romanzo spaventoso attorno all'anziano.

"Lo farò, buona notte.

"Ciao.

CAPITOLO V

ALTRI ANNUNCI

Rosso di fuoco, il sole sorgeva, svegliando il giorno con le sue luci limpide, illuminando lo spazio. Il cielo era completamente sereno e un leggero vento da nord tendeva ad abbassare la temperatura ambiente. Sul campo d'aviazione non è stato osservato il minimo movimento, sembrava che tutto dormisse ancora, ma in realtà da due ore era in corso un'attività febbrile, nascosta sotto le coperture degli hangar e degli annessi. La notte era trascorsa tranquilla, senza che nulla turbasse la quiete, in quel periodo di tempo in cui la stella del giorno è nascosta allo sguardo degli uomini. Il vento che soffiava sollevava con le sue raffiche, piccole quantità di sabbia e terra, che si muovevano, attraverso l'aerodromo, schiantandosi contro le pareti degli hangar. I cespugli seccati dal sole erano anch'essi trascinati dal vento, in un continuo andirivieni. Nell'atmosfera c'era qualcosa di desolato; qualcosa come un'ombra di tristezza sembrava essere passata quella mattina sull'aeroporto di Tobruk. La manica indicava la direzione del vento, in cima alla torre meteorologica che subiva deviazioni di volta in volta. Tutto, infatti, era monotono e pesante. Gli aerei, come grandi mostri morti, restavano immobili dentro gli hangar, come paralizzati dalla tristezza di quell'alba. Tuttavia, al sorgere del sole, gli oggetti più insignificanti sembravano prendere vita, bagnando a poco a poco tutto dei colori della vita.

All'interno della sala conferenze c'era un gran numero di ufficiali pilota, che si erano raggruppati in conversazioni diverse in attesa dell'arrivo del capo della base, il colonnello Burton, che aveva ordinato loro di incontrarsi per un colloquio. Gli aviatori si chiesero quale sarebbe stato il motivo che aveva originato quell'incontro. Stavano aspettando da circa dodici minuti, quando apparve improvvisamente davanti a loro il colonnello Burton, il quale, rivolgendosi a loro, disse:

"Siediti, signori.

Obbedendo a quanto ordinato, gli aviatori scelsero un sito e si stabilirono. Pochi istanti dopo regnò un silenzio quasi sepolcrale, rotto dalla voce roca e virile del colonnello.

"In realtà non è che io abbia grandi cose da dirti, però volevo fare uno scambio di impressioni con te.

Gli aviatori si guardarono, muti interrogativi. Il colonnello continuò:

"Nel nostro attacco all'isola di Pantelleria, siamo stati sorpresi da una forte opposizione nemica che non ci aspettavamo. È vero, c'era da aspettarsi che gli italiani si difendessero, ma così hanno fatto no. A quanto pare le tre isole sono ben preparate per fermare i nostri attacchi, giusto? "L'approvazione unanime è salita dai piloti riuniti". Ci ha stupito non solo la forte e tenace difesa dei cannoni antiaerei, ma anche l'intervento di aerei nemici, con i quali non contavamo davvero, da cui si può dedurre che la missione che ci è stata affidata , non è così facile o semplice come sembrava all'inizio. Al contrario, presenta serie difficoltà. Tuttavia, contando sulla tua esperienza, so che saremo vittoriosi nella nostra missione. Le mie parole non sono per incoraggiarti, perché so che non ce n'è bisogno. Ti sto solo dando i fatti.

La voce del colonnello, calma e regolare, senza alti né bassi, aveva un tono piacevole. I convenuti ascoltarono con crescente interesse le parole del colonnello, il quale, guardando ognuno alternativamente, spiegava i suoi piani ei suoi progetti. La stanza era effettivamente piccola per ospitare quel numero piuttosto elevato di aviatori, alcuni dei quali dovevano sedersi su letti supplementari.

"Vista l'esperienza che abbiamo fatto" ha proseguito il colonnello, "è necessario che nei prossimi interventi andiamo più cauti o meglio, che agiamo con maggiore malizia. Oggi non faremo nessun volo. Tuttavia a mezzanotte prenderete partire per effettuare il bombardamento nelle prime ore dell'alba, durante le quali senza dubbio i servitori della difesa saranno più impreparati, capito?

La domanda del colonnello era in realtà del tutto superflua, poiché quanto aveva affermato non conteneva nulla di straordinario e di difficile comprensione, ma era sua abitudine chiedere sempre alla fine di ogni punto, per quanto semplice potesse essere. I convenuti conoscendo già questa particolarità, annuirono quasi meccanicamente, davanti al quale il colonnello si sentì soddisfatto e incoraggiato a continuare l'esposizione dei fatti. Dopo un momento di silenzio, parlò di nuovo.

"Questa volta la spedizione sarà composta dagli stessi dispositivi della precedente, aggiungendo uno squadrone di caccia in più, sempre utile e necessario. In questo modo lo stesso apparato di bombardamento potrà agire con più libertà di prima, anche se c'è una forte opposizione italiana.

L'idea che si sarebbe aggiunta un'altra squadriglia di Hurricanes, in quell'incursione che si doveva compiere, sembrò piacere ai piloti degli ordigni da bombardamento, perché sui loro volti si rifletteva un largo sorriso, che lo provava. Il colonnello Burton sapeva che la sua idea era stata accolta con favore dai suoi piloti e ne era piuttosto soddisfatto.

"Vuoi farmi qualche domanda? finì il colonnello.

Gardiner, improvvisamente si alzò e chiese:

"Il nostro obiettivo: è esattamente lo stesso dell'ultima volta?

Rispose con un sorriso beffardo e compiaciuto.

"Sì , lo stesso, nient'altro?

"Sì.

"Ho chiesto.

"Dovremmo mantenere il contatto radio con la base?

"No, per niente, dovrebbero dimenticare completamente l'esistenza della radio.

"Inteso.

"Non darò loro nuovi ordini, perché sanno già quello che devono fare. Ora puoi ritirarti e riposare per il tempo che ti rimane.

"Grazie.

Gli ufficiali pilota hanno lasciato la stanza dirigendosi verso le loro stanze. Il maggiore Charles Cameron si diresse silenziosamente come al solito verso la sua camera da letto quando sentì chiamare il suo nome.

Riconobbe subito la voce del capitano Gardiner, che, avvicinandosi, glielo chiese.

"Cosa c'è che non va? Ti trovo preoccupato.

Siccome c'era una certa amicizia tra il maggiore e il capitano, nessuno si meravigliò che il capitano avesse chiamato il maggiore, in modo veramente amichevole.

"Non sto bene.

"Ma mi sembra che ci sia qualcosa che ti infastidisce...

"Ti sbagli. Fallisci come psicologo.

“Va bene, mi arrendo.

Tendendo la mano al capitano, il maggiore disse:

"Andiamo, dobbiamo riposare. Domani ci aspetta un osso.

"Hai ragione, buonanotte.

"Ciao.

Cameron andò nella sua stanza e si sdraiò sul letto senza spogliarsi. Pochi istanti dopo, dormiva profondamente.

CAPITOLO VI

NUOVO INCONTRO

I dispositivi apparivano come piccoli granelli nell'infinita notte blu. Le stelle scintillavano e la luna con la sua luce argentea bagnava gli apparecchi che, a più di tremila metri di altezza, attraversavano lo spazio aperto come un abisso infinito. Gli squadroni della RAF, in volo ad alta quota, si stavano dirigendo verso l'obiettivo che era stato loro indicato. Gli ordigni in formazione perfetta, rombando i loro motori alla massima forza, scivolavano veloci sui filetti d'aria. Le linee aerodinamiche degli aerei tagliano l'aria, quasi senza resistenza, nei limiti tecnici raggiunti. Sopra gli aviatori era il magnifico spettacolo della notte priva di nuvole e cagliata da innumerevoli stelle guidate dalla stella della notte.

Sotto, in profondità, il mare sembrava solido, duro e freddo come l'acciaio. La luce della luna scintillava sulla superficie delle acque con riflessi metallici, come il mercurio. Le eliche degli aeroplani ruotavano nell'aria, espellendola all'indietro, e costringendo la massa di acciaio e ferro a rimanere nell'aria, trascurando l'effetto della gravità. La luce della luna filtrava nelle cabine di pilotaggio, conferendo agli aviatori l'aspetto di mummie. Il pannello di controllo illuminato mostrava al pilota la situazione del volo e le sue condizioni. La notte fu la protezione di quel volo che gli inglesi effettuarono sulle basi italiane delle isole del canale di Sicilia.

Quando l'aereo è decollato dalla base aerea, il colonnello Burton è rimasto nel suo ufficio osservando le manovre di decollo dell'aereo attraverso il vetro di una delle finestre. Soddisfatto, li guardò decollare, mentre sul suo volto appariva un sorriso compiaciuto. Aveva fiducia nei suoi uomini e sapeva che stavano combattendo con le unghie e con i denti per il mantenimento dei loro ideali. Gli ultimi rombi dei motori erano già svaniti in lontananza, quando il colonnello un po' stanco si sdraiò sul letto, guardò l'orologio e, con un profondo sospiro, cercò di dormire, vedendo nella sua immaginazione la sagoma degli aerei che si muovevano in ricerca del nemico . Il ticchettio dell'orologio sembrava essere aumentato di volume diventando un pesante martellare, il sonno non arrivava ei nervi prendevano il sopravvento sul colonnello che con impazienza consultava l'orologio con terribile frequenza.

Nel loro volo monotono gli ordigni si avvicinavano all'obiettivo indicato. Il maggiore Cameron comunicava completamente calmo con il suo copilota.

"Esamina le armi e gli accessori.

"Bene signore.

"In pochi minuti, avremo superato il punto. Il momento di agire sarà di nuovo arrivato.

"Lo so.

Cameron fissò lo sguardo sull'orizzonte. Improvvisamente il suo cuore perse un battito. Lì, in lontananza, gli era parso di distinguere dei punti luminosi. Potrebbero essere aerei nemici? Fissò gli occhi e prestò più attenzione. Dopo qualche istante di esitazione, rivide quei minuscoli punti che si trovavano all'incirca alla loro stessa altezza. Nervoso, informò il copilota dell'osservazione fatta. Guardò dove indicava l'anziano.

"Non distinguo...

"Guarda bene...

Per qualche istante regnò una terribile tensione nervosa.

"Sì, ora li vedo...!

"Cosa ne pensi...?

Il copilota impiegò alcuni istanti per rispondere. Poi con tono affermativo rispose.

"Sono aerei e stanno arrivando qui.

"Non c'è il minimo dubbio. Loro sono italiani. Lo comunicherà agli altri dispositivi.

Molto rapidamente, il maggiore comunicò agli apparati che formavano le forze che si dirigevano a Pantelleria, la presenza di aerei apparentemente nemici. Una volta notificata l'osservazione, i bombardieri guadagnarono quota ei caccia si diressero verso i punti che erano apparsi all'orizzonte e che andavano progressivamente ingrandendosi, riuscendo a distinguere perfettamente la sagoma degli aerei nemici pochi istanti dopo.

"I combattenti si prenderanno cura di loro, ne facciamo a meno e andiamo direttamente al nostro obiettivo" disse il maggiore al suo secondo.

"Buono.

"Questi sono gli ordini che abbiamo.

"Lo so.

"Comunque attenzione, com'è naturale, i caccia italiani vengono per noi più che per gli Hurricane, sono interessati a noi perché siamo noi l'uccello grande.

"È il più naturale.

"Presto.

Il combattimento che si stava avvicinando prometteva di essere un po' più forte del precedente poiché in questa occasione entrambe le parti aumentarono il numero di aerei. Gli inglesi avevano aggiunto uno squadrone di caccia e le forze nemiche, a prima vista, sembravano più numerose della volta precedente. Gli aerei italiani, effettuando una rapida manovra all'unisono, virarono dalla loro parte, attaccando di lato gli aerei della RAF.

"Era armato! gridò il più anziano al suo secondo.

"E promette di essere un sollievo.

"Guadagniamo più altezza, ci va bene.

"Si signore.

"Su!

Tirando vivacemente il posto di comando, il maggiore Cameron sollevò la sua imbarcazione a maggiori altezze, fuori dal fuoco dei combattenti italiani.

"Ecco l'isola! "Il secondo gridò, indicando una massa nera che si estendeva sul mare.

"Sì, quando ci saremo sopra, pungeremo.

"E gli altri gadget?

"Faranno lo stesso.

Gli Hurricanes si scontrarono con gli aerei nemici, in un sanguinoso impeto. Le mitragliatrici parlarono, e nello spazio i proiettili traccianti lasciarono traiettorie bianche guidate da un punto luminoso. Sia i piloti dell'una che dell'altra, si dimostrarono uomini di grande coraggio poiché combatterono con grande disprezzo e coraggio. Quando un Hurricane fece una scivolata sull'ala sinistra per uscire dalla zona di tiro di un aereo nemico, che gli stava sparando frontalmente, un aereo italiano lo attraversò, producendo l'inevitabile cataclisma. Entrambi gli aerei furono incastrati l'uno dentro l'altro, ei due uniti dalle fiamme, si precipitarono nel vuoto, trascinando i piloti. Pochi istanti dopo il mare inghiottì la massa in fiamme.

Quando Cameron si è tuffato sopra l'isola, dirigendosi verso i luoghi indicati come bersagli sull'isola, è stato preceduto dal resto dell'apparato di bombardamento. Tutti insieme si stavano avvicinando all'isola in una caduta vertiginosa mentre i combattenti italiani facevano sforzi concreti per impedirlo. Le bombe cadevano dall'interno degli ordigni e questi, descrivendo una traiettoria mortale, si scontravano con il suolo dell'isola. Le esplosioni delle innumerevoli bombe riempivano lo spazio di bagliori rossi e fumo nero. Improvvisamente una grande fiamma si levò alta sopra il fondo dell'isola.

"Abbiamo toccato un serbatoio di benzina!

Il maggiore Cameron rispose alla seconda con un conciso cenno del capo. Le fiamme del fuoco si alzarono minacciose, coronate da un denso fumo nero. Il sole stava sorgendo, quando l'isola era rimasta, si potevano osservare diversi importanti incendi, frutto del bombardamento dell'aviazione britannica.

CAPITOLO VII

IRREQUIETEZZA

Che ore sarebbero? Quando il colonnello Burton si svegliò di soprassalto, era del tutto ignaro se avesse dormito molto o poco. La prima cosa che notò fu che il sole dell'alba entrava dalla finestra dell'ufficio. Poi all'improvviso si rese conto del classico rombo dei motori degli aerei. Erano tornati! Quando uscì, l'aria fresca dell'alba gli soffiò in faccia, confortando il colonnello Burton. A nord-est si vedevano le perfette formazioni degli aerei inglesi di ritorno dalla missione compiuta. Burton ordinò una tazza di caffè caldo, che bevve in pochi minuti.

L'aereo ha cominciato ad atterrare, a colpi perfetti, ad eccezione di un bombardiere il cui carrello di atterraggio era in cattive condizioni, ha conficcato il muso nel terreno, rompendo le eliche e l'ala destra. A parte questo incidente, i colpi sono stati altrimenti maestri. Con sollievo il colonnello poté verificare che quasi tutti gli ordigni stavano tornando, più di quanto in realtà credesse.

Il maggiore Cameron, stravolto dallo stress dell'operazione, sorseggiava un cognac, mentre il colonnello lo guardava con aria interrogativa.

"Esatto, colonnello" disse il maggiore dopo aver finito il cognac.

"Quello che mi dici è incredibile.

Con grande attenzione il colonnello aveva ascoltato la dettagliata narrazione ed esposizione dei fatti fatta dal maggiore Cameron, dell'incontro con gli aerei nemici.

"Quanti aerei italiani componevano la difesa?

"Dieci più di noi.

"Si tratterà di mettere al corrente l'alto comando su quanto accaduto. A quanto pare le forze italiane ricevono informazioni sui nostri movimenti e spostamenti.

"Esatto, signore. Ti assicuro che la mia sorpresa non conobbe limiti quando vidi l'aereo nemico apparire in linea retta sopra di noi.

"Quanti aerei italiani sono riusciti ad abbattere?

«Dodici, signore.

"Buon numero.

«Sì, signore, soprattutto considerando che abbiamo perso solo tre aerei e due caccia.

"È una bella differenza.

"È una vittoria.

"Va bene, lo è. Tuttavia, il fatto che gli aerei nemici li stessero aspettando offusca in qualche modo quella vittoria. Non dal punto di vista attivo nel combattimento, ma nel piano organizzativo.

"Non capisco.

"È molto semplice" ha chiarito il colonnello, "voglio dire che tra noi c'è qualcuno che informa gli italiani, e questo è un fallimento del dipartimento di sicurezza.

"Non lo vedo molto fattibile.

"Perché?

"Ci conosciamo molto bene, e oserei mettere le mani sul fuoco per tutti loro...

"E brucerebbe" lo interruppe energicamente il colonnello.

"Significa?

"Sono completamente sicuro.

Per qualche istante ci fu un imbarazzato silenzio, i due uomini si guardarono senza dire niente. Ad un tratto il colonnello, dando un pugno furioso, esclamò:

"Sì, brucerebbe!

Il maggiore Cameron osservando lo stato del colonnello non osò fare il minimo commento.

Rimase in silenzio, mentre fumava molto lentamente una sigaretta che aveva acceso.

dall'ufficio del colonnello si sentì depresso senza poter definire il giusto ed esatto motivo. Cadde sul letto e la sua mente vagò ricordando i momenti più intensi del combattimento, che aveva tenuto ore prima. A poco a poco la stanchezza lo abbandonava, le immagini si facevano sempre più confuse fino a svanire del tutto e lui si addormentò.

Il sole faceva sentire il suo calore, cadendo a perpendicolo sul campo d'aviazione. All'interno degli hangar la temperatura era soffocante all'estremo, il riverbero che si levava dal campo rendeva praticamente irrespirabile l'atmosfera, che a quel tempo era dotata della più completa immobilità. Quel sole era veramente capace di addormentare chiunque. Tutto era impregnato di una letargica prostrazione. L'aerodromo era limitato a sud da una strada in pessime condizioni, a nord dai suoi edifici e da un'altra strada, a est alcune grandi depressioni del terreno terminavano il campo e ad ovest la città di Tobruk. I pezzi di artiglieria costiera guardavano con ansia verso il mare, in attesa del drappello nemico, la città stessa era ben difesa essendo tutta circondata da ampie e profonde trincee, fortini e nidi di mitragliatrici, oltre che da un forte presidio difensivo.

Verso le cinque del pomeriggio il maggiore Cameron si svegliò dal suo sonno profondo, sentendosi più confortato e con maggiore energia, alzandosi, accendendosi una sigaretta e guardando attraverso le finestre l'ampio panorama dell'aerodromo. Un debole sorriso sembrò apparire sul suo volto per qualche istante, si aggiustò la cravatta e uscì dalla sua stanza. Nella sala ufficiali erano in gran numero, intenti ai giochi più disparati, Cameron guardava quelli riuniti come se cercasse qualcuno determinato. Tuttavia, quello che stava cercando era un angolo tranquillo. Vide un tavolo vuoto e vi si avvicinò, si sedette e cominciò a sfogliare una rivista francese.

Fumo di sigaretta accumulato sul soffitto della stanza. I piloti parlavano e parlavano con nonchalance, esprimendo le loro opinioni sugli ultimi avvenimenti. Il maggiore Cameron, assorto nella sua lettura, sembrava non sentire quello che veniva detto. Rimase in piedi per circa mezz'ora senza alzare lo sguardo dalla rivista. Poi lo posò, intrecciò le dita e le lasciò poggiare sulle gambe, inclinò la testa all'indietro e rimase pensieroso. Qualcuno ha spezzato la catena della sua immaginazione chiedendo:

"È bionda?

Alzando lo sguardo, l'uomo più anziano vide il suo amico Gordon.

"Non capisco" chiarì come uscendo dalla semicoscienza.

"Ti chiedo se quella ragazza a cui stavi pensando è bionda.

"E chi ti ha detto che stavo pensando a una ragazza?

"Dovevi solo vedere la faccia che avevi.

"E come è stato?

"Sciocco.

"Grazie.

"Non essere arrabbiato, ma un uomo può fare quella faccia solo quando pensa a una donna. Se ti fossi visto allo specchio, ti saresti vergognato.

"Beh, ti sbagli, non pensavo a nessuna donna, e inoltre, non credo di avere una faccia stupida.

Seduto accanto al suo partner, Gordon disse a bassa voce.

"Anche io sono preoccupato. Penso anche che gli italiani ricevano informazioni da qualcuno che magari è proprio in questa stanza.

" Di nuovo te lo chiedo, e chi ti ha detto che ci stavo pensando?

"Molto semplice, il colonnello mi ha detto la stessa cosa di te, quello che pensa, e so che la tua preoccupazione sono le parole del colonnello, che sono anche le mie.

"Hai ragione.

"E chi può essere?

"Non lo so.

"È spiacevole.

"Sì, moltissimo" rispose il maggiore alzandosi dalla sedia e lasciando solo l'amico.

CAPITOLO VIII

CHI SARA'?

I nuovi Hurricanes si sono evoluti perfettamente nello spazio libero, sopra il campo di Tobruk. Il test è stato osservato dai suoi comandanti, che sono rimasti stupiti dalla grande mobilità dei nuovi dispositivi. La sagoma pulita e perfetta degli aerei si stagliava maestosa contro l'azzurro del cielo.

"Gadget meravigliosi", ha detto il colonnello al capo della sicurezza, il maggiore Wayne.

" In effetti lo sono.

"Né possiamo lamentarci degli autisti, che li guidano. Tutti si dimostrano dei veri assi.

Mentre parlavano, nessuno dei due leader ha distolto lo sguardo dagli aerei che stavano seguendo il loro volo di prova, facendo un gran numero di acrobazie e acrobazie. Il volo di prova è durato quasi mezz'ora, dopodiché il colonnello Burton ha dato l'ordine di far atterrare l'aereo.

"Adesso va bene. Hanno già brillato abbastanza. Fateli atterrare" disse il colonnello con una certa severità a un tenente che si trovava poco distante da lui. Quando l'ufficiale ricevette l'ordine, corse alla torre di controllo, dalla quale ai piloti veniva detto di effettuare l'atterraggio, con grande precisione, mantenendo le distanze in modo matematico, gli aerei si avvicinavano al suolo fino all'atterraggio.

"Bene!" esclamò soddisfatto il colonnello.

Il capo della sicurezza, sorridendo, sentì l'espressione del colonnello.

"Sì, magnifico.

«Adesso, Wayne, vieni nel mio ufficio. Voglio parlarti di una questione piuttosto seria.

"Bene , signore.

Seguito dal maggiore, capo della base, si incamminò verso i suoi uffici. La piccola figura del capo della sicurezza era materialmente adombrata dal corpo enorme del suo superiore. Con passo un po' lento, il colonnello Burton entrò silenziosamente nel suo ufficio. Una volta dentro, ha fatto un cenno con la testa, indicando al capo della sicurezza di sedersi, ha fatto silenziosamente quello che gli era stato detto. Il sole filtrava dalla finestra e la temperatura all'interno dell'ufficio era un po' soffocante. Alzando la cornetta del telefono, Burton ordinò loro di portargli un paio di birre. Il fatto era una nota di colore, che rallegrava un po' il maggiore Wayne. Capì subito che se il suo superiore lo avesse fatto andare nel suo ufficio, per un rimprovero avrebbe soppresso quel dettaglio. All'improvviso Burton senza ulteriori indugi disse:

"Tu, come me, sai che tra i nostri uomini ce n'è uno che informa gli italiani.

Quindi di punto in bianco, è stato fatto il commento che il capo della sicurezza è stato un po' colto alla sprovvista. Comunque, superando la prima impressione, rispose, conciso.

"Sì.

"Chi?

"Cosa vorrei di più che rispondere a questa domanda, senza esitazioni di alcun tipo, ma purtroppo non può essere. È molto difficile muovere un'accusa del genere, senza prove.

Burton guardò il suo interlocutore con una certa espressione di stupore sul volto. Poi, dubbioso, disse:

"Dalle tue parole risulta quasi che sospetti di qualcuno.

"Me...

In quel momento bussarono alla porta dell'ufficio, e dopo aver ricevuto l'apposita autorizzazione dal colonnello, un soldato entrò nella stanza con le birre ordinate. Dopo averli lasciati dove gli aveva indicato il colonnello, il soldato si ritirò.

"Cosa voleva dirmi? chiese il colonnello.

Con un certo nervosismo il capo della sicurezza disse:

"Davvero tutti gli uomini meritano la completa sicurezza da parte nostra. Esaminando le loro storie di guerra e il loro background familiare, vediamo che sono tutti magnifici guerrieri e membri di buone famiglie quando si tratta di patriottismo, ma...

"Ma cosa?

"Vedi, ce n'è uno il cui passato sembra impantanato in certe nebbie e che si sa ha studiato nella capitale d'Italia.

"Chi?

Guardando da vicino il volto del colonnello, il capo della sicurezza disse:

«Maggiore Charles Cameron.

Il silenzio divenne opprimente. Il colonnello fissò gli occhi su chi aveva nominato il maggiore. Poi, voltando le spalle, disse quasi furiosamente:

"Impossibile!!

"Niente è impossibile, signore.

"Se me lo permetti, ti chiederò, perché?

Con una svolta molto rapida, il colonnello si rivolse alla persona che stava formulando una simile domanda. Osservò quest'ultimo per alcuni istanti rudemente, e poi spiegò:

"Conosco il maggiore Cameron da molto tempo. L'ho visto operare in molte occasioni e in tutte ha dimostrato grande coraggio, e un grande senso di patriottismo. È stato in punto di morte in diverse occasioni e... Beh, non può essere.

Nervosamente, Burton accese una sigaretta, offrendone un'altra al maggiore Wayne.

«Tuttavia, signore, ha dovuto tenere conto della mia osservazione.

"Cosa significa?

Con un cenno di assenso, il capo della sicurezza ha spiegato:

" Tutti i nostri piloti mostrano un grande senso del rapporto. Tutti, prima di tutti, hanno raccontato tante volte la loro vita e le loro azioni e avventure più intime. Hai notato che il Maggiore non parla mai del suo passato?

"Le tue ragioni avranno.

"Questo è quello che dico, le sue ragioni avranno . Perché nasconde il suo passato?

Burton rimase in silenzio, l'espressione sul volto di un uomo tormentato da un'idea spiacevole. Poi esclamò:

"No, e mille volte no!, e scarta quell'idea. Il nostro uomo deve essere un altro, e ora una domanda. Chiunque sia, come trasmette le informazioni?

"Non c'è problema, oggi ci sono trasmettitori delle dimensioni di un barattolo di biscotti. Il nostro uomo potrebbe avere nascosto uno di questi dispositivi.

«Se trovassimo il dispositivo, avremmo l'informatore.

"Certo.

"Allora cerca il dispositivo! "Il colonnello ha quasi urlato.

"Lo farò, ma dobbiamo aspettare un momento propizio. Intendo un momento in cui i piloti volano; tutti loro, ovviamente.

"È facile da ottenere.

"Tocca a voi.

"Lo so, non devi dirmelo.

Il capo della sicurezza capì che il colonnello era molto irritato e decise di misurare le sue parole. Rimase in silenzio finché il colonnello disse:

"Due ore di tempo basterebbero?

"Sì signore, piuttosto, penso di sì.

«Bene, allora fai i tuoi preparativi.

"Che ore saranno quelle?

"Dalle sette alle nove del mattino.

"Buono.

"Adesso puoi andare in pensione.

"Grazie mio Signore.

Il capo della sicurezza, alzandosi, salutò il colonnello e, dirigendosi verso la porta, uscì dalla stanza.

stava sprofondando all'orizzonte, quando il colonnello Burton uscì dal suo ufficio, accigliato e quasi senza rispondere ai saluti dei suoi subordinati, si recò alla torre di controllo, dalla quale attraverso il servizio di altoparlante, parlò ai propri piloti.

CAPITOLO IX

UN TEST

Cameron non ha capito il motivo di questo volo inaspettato. Avevano ricevuto l'ordine di uscire in mare, fino a un certo punto, e di mantenerli in volo circolare. Ci si aspetterebbe un attacco aereo? I motori rombavano nello spazio mentre gli aerei sobbalzavano nell'aria. La giornata era cristallina e quindi la visibilità era perfetta. Attraverso le finestre delle cabine di pilotaggio, il sole entrava nella sua postura nascente, accarezzando l'aviatore. Il mare si stendeva sotto i piloti come un immacolato lenzuolo azzurro, punteggiato di lampi di luce, senza la minima traccia di vita visibile a perdita d'occhio. Con gli occhiali alzati e il casco allentato, Cameron si voltò per dire al suo copilota:

"Cosa ne pensi?

"Francamente non lo so, quando ci faranno partire per qualcosa sarà. Tuttavia, tutto è molto tranquillo.

"Questo è quello che dico.

«Forse è stato un falso allarme.

"Chissà, voleremo per il tempo indicato e poi torneremo alla base.

"Buono.

"Prendi i comandi.

"Si signore.

Obbedendo al copilota prese i comandi del dispositivo. Poi, togliendosi l'elmo, il Maggiore aprì una fessura nella cabina di pilotaggio e si riempì i polmoni dell'aria fresca del mattino a ottomila piedi sopra il livello del mare.

"Da quanto tempo voliamo? chiese il maggiore.

"Un'ora e sette minuti.

" Voglio tornare alla base e farmi una bella doccia. Un'ora sotto l'acqua fredda, molto fredda.

"Ti capisco.

In realtà all'interno dell'abitacolo si sudava copiosamente, nonostante tutti i progressi tecnici. Il calore del motore ha aumentato la temperatura all'interno del dispositivo fino all'esagerazione.

Mentre l'aereo stava volando a pieno regime, alla base di Tobruk stava avvenendo una strana manovra. Il capo della Sicurezza, con alcuni dei suoi uomini, ha girato le camere dei piloti, perlustrandole materialmente in ogni angolo. Quando: si sono assicurati che non ci fosse nulla in vista che potesse destare sospetti, il Maggiore ha ordinato di frugare in tutte le borse dei piloti. Uno per uno, l'ordine è stato eseguito ed eseguito.

"Ci resta ancora mezz'ora" avvertì il Capo della Sicurezza al suo secondo che controllava nervosamente l'orologio.

"Lo so, ma se tornassero prima?

"Sfortuna.

"Solleveremmo sospetti e chiunque fosse si asterrebbe dall'agire, ingannandoci.

"Non ti preoccupare. Hanno un ordine e lo eseguiranno. Ci viene garantita la mezz'ora.

"Meglio.

"Certo.

La valigia corrispondente al maggiore Cameron era, come tutte le altre, aperta.

"Sono molto interessato a controllare io stesso quella valigia", esclamò il maggiore, dirigendosi verso detta valigia, che aveva preso uno dei suoi uomini.

Posando la valigia sul letto, ha proceduto ad aprirla. Con uno sguardo ansioso, osservò cosa c'era dentro. Con grande cura, senza alterare l'ordine di piazzamento, cercò. All'improvviso trovò delle carte, che erano nascoste in fondo alla valigia. Wayne si avvicinò con le carte alla luce della finestra che le guardava. Poteva vedere che con mano nervosa separava un foglio che leggeva con interesse. Per qualche istante rimase silenzioso e immobile. Poi chiamato il suo secondo disse:

"Leggi questo.

L'ufficiale obbedì. Poi alzò lo sguardo, guardò il suo superiore e annuì comprensivo.

"Cosa ne pensi?

"Interessante, signore.

" Sì , molte. Parlerò con il colonnello. Adesso sospendiamo il verbale. Rimettiamo tutto a posto e sgomberiamo le camere.

"Bene signore.

"Hai solo dieci minuti.

"Lo so.

"Beh, presto.

Dopo il saluto, l'ufficiale se ne andò restituendo il foglio al Capo della Sicurezza, che lo rimise al suo posto. Chiuse la valigia e la ripose dov'era prima.

Il colonnello Burton fissò il capo della sicurezza. Questo forse si sentiva infastidito sotto lo sguardo inquisitore del suo superiore; rompendo il silenzio disse:

«Sì, signore, forse ho ottenuto prove sufficienti per dissipare i suoi dubbi sul maggiore Cameron.

«E che esami sono?

Dandosi una certa importanza, con una certa aria di superiorità, Wayne spiegò:

"Abbiamo effettuato la ricerca come avevamo detto, non trovando nulla di sospetto, finché nella valigia del maggiore Cameron, io stesso ho trovato...

"Cosa hai trovato? chiese nervosamente il colonnello.

"Una direzione.

"Una direzione?

"Sì .

"E cosa vuoi dimostrare con un semplice indirizzo?

"È che questa direzione non è così semplice.

"Di...?

"Vedi, l'indirizzo è questo, Gustavo Papinni , Dunaci , Pantelleria.

Le parole del capo della sicurezza sembravano non avere effetto sul colonnello, il quale, sedendosi tranquillo e accendendosi una sigaretta, disse:

"Con quell'indirizzo non si prova nulla.

"Qualcosa se.

«E cos'è quel qualcosa?

«Che il maggiore Cameron ha contatti ufficiosi con l'isola di Pantelleria.

«Questo non prova la sua colpevolezza. Non c'è nulla che ti vieti di avere un'amicizia a Pantelleria.

Un po' sconcertato dai continui rifiuti del colonnello, il capo della sicurezza tacque. Poi alzandosi disse:

"Semplicemente non mi piaceva. Sono abbastanza sicuro che ci sia qualcosa dietro il maggiore.

"Puoi pensare quello che vuoi, ma ho bisogno di prove, capisci? Ho bisogno di prove e convincenti, senza supposizioni o divagazioni. Prove, prove.

Il colonnello era apparentemente in uno stato di grande irritabilità, camminando da un lato all'altro della stanza con le mani dietro la schiena.

"Tra due giorni faremo un'altra visita all'isola; un nuovo bombardamento. Spero che per allora tu possa dirmi di chi è la colpa.

"Ci proverò.

"So che non è un compito facile, ma deve essere portato a termine.

"Bene signore.

«Ora fai un passo indietro e dimentica quell'indirizzo, capito?

"Sì , signore.

CAPITOLO X

DUBBI

Trascorso il tempo indicato dal comando, i dispositivi sono rientrati alla base. Durante il volo di due ore non era stata osservata la minima anomalia, quindi l'aereo è tornato proprio come era decollato. Il volo era stato tranquillo e calmo, qualcosa di quasi sconosciuto a questi uomini, abituati ad affrontare la morte ogni volta che decollavano. In perfetta formazione, gli aerei sorvolarono rombando i loro motori sull'aerodromo. Descrivendo ampi cerchi iniziarono a perdere quota preparandosi ad atterrare. Uno ad uno gli ordigni sono atterrati con ampia maestria correndo lungo il campo verso gli hangar. Un quarto d'ora dopo, tutti gli aerei stavano già riposando con i motori smorzati sull'erba del campo. I piloti che scendevano dai loro dispositivi sono andati a togliersi l'equipaggiamento di volo, il che era opprimente e scomodo. Il maggiore Cameron, accompagnato dal suo copilota, andò a rinfrescare la "noce", come la chiamava lui.

Quasi d'un fiato bevve il bicchiere di birra spumeggiante che gli era rimasto davanti. Dopo averlo assaporato per qualche secondo, Cameron ha commentato.

"È delizioso.

"Sì, e ancora di più dopo un noioso volo di due ore.

Il copilota di Cameron, come Cameron, ha svuotato il suo bicchiere di birra in un sorso.

Quando il maggiore si sdraiò sul letto, si sentì irrequieto, irrequieto. Per mezz'ora rimase lì senza riuscire a calmarsi. C'era qualcosa di sgradevole nell'aria che non riusciva a definire bene. All'improvviso bussarono alla porta ed entrò un soldato e avvisò il maggiore che il colonnello lo stava aspettando nel suo ufficio. Cameron non era sorpreso. Aspettavo inconsapevolmente quella chiamata. Lentamente si alzò dal letto e, abbottonandosi la giacca, uscì dalla sua stanza per recarsi nell'ufficio del suo superiore.

Il colonnello era amichevole, forse più che mai, anche se è vero che aveva sempre mostrato grande stima per il maggiore.

"Siediti, siediti...

"Grazie.

Offrendo una sigaretta al maggiore, il colonnello ne accese un'altra.

"Il volo è facile?

" Sì molto.

"Ho pensato.

"Anche io.

La risposta del maggiore ha sorpreso il colonnello, che ha chiesto a bruciapelo:

"Perché ho supposto?

"Beh, onestamente, non lo so, ma dal momento in cui sono decollato ho avuto l'idea fissa che non sarebbe stata altro che una passeggiata.

"È divertente.

"Forse.

Senza ulteriori indugi, il colonnello chiese:

"Conosci l'isola di Pantelleria?

Senza mostrare la minima sorpresa, il maggiore rispose freddamente alla domanda nei seguenti termini:

"Sì, ci sono stato qualche anno fa.

"Interessante?

"Ricordo molto di lei. È un'isola che trasuda tranquillità. I suoi abitanti sono persone pacifiche.

Ridendo commentò il colonnello.

"Non sarà adesso.

"Certo. Tutto è cambiato.

Seduti faccia a faccia, i due soldati continuarono a parlare a lungo, quasi senza formalità o regole, anzi parlavano come vecchi camerati.

«Bene, maggiore, da quello che mi dice, quell'isola doveva essere un vero paradiso in tempo di pace.

"Sì, te lo assicuro. Era.

"Era lungo?

"Due anni.

"Dev'esserlo passato dall'inizio alla fine, giusto?

"Sì, l'isola non aveva davvero un centimetro di terra su cui non avessi calpestato.

Dopo una sigaretta ne fumarono un'altra e un'altra ancora. Nell'ufficio del colonnello si era formata una densa nuvola di fumo. Il sole stava quasi tramontando sotto l'orizzonte quando il colonnello, guardando l'orologio, disse:

"Accidenti, quanto si è fatto tardi.

"Esatto", rispose il maggiore, rendendosi improvvisamente conto che il sole stava morendo.

"Un altro giorno continuerà a raccontarmi le meraviglie di quell'isola.

"Con piacere.

«Forse, quando la guerra sarà finita , faremo un viaggetto per lei.

Dando una pacca sulla spalla al maggiore, il colonnello si alzò, andò a un armadio e tirò fuori una bottiglia di cognac. Si versò due bicchierini e, avanzandone uno verso Cameron, disse:

"Briviamo al successo della nostra azienda.

"Grazie.

"È un buon cognac.

Scolando l'ultima goccia di liquore, il maggiore disse:

"Hai ragione, è squisita.

"Lo è, ne vuoi un altro?

"No grazie.

"Va bene, andiamo fuori.

L'aria della sera aveva rinfrescato un po' l'aria, quindi era davvero bello fuori.

Quando il maggiore si separò dal colonnello, rimase sorpreso dalla gentilezza forse esagerata del suo superiore. La notte era serena e non avevo voglia di dormire. Cameron ha camminato a lungo tra gli hangar e altri annessi nel campo. Poi, a tarda notte, stanco, decise di ritirarsi.

Il colonnello Burton con la testa inclinata fissò il capo della sicurezza, che sembrava un po' costernato. Burton, con voce un po' roca, disse:

«Posso assicurarvi della completa innocenza del maggiore Cameron.

"Me...

Senza dargli il tempo di parlare, il colonnello interruppe il maggiore.

"Sì, sì, hai creduto, ma non è vero. Metterei le mani sul fuoco per il maggiore.

"Non c'è bisogno di affrettarsi. La gente sa mentire, lo dimentica, signore?

La domanda posta dal capo della sicurezza fece apparire sul viso del colonnello una smorfia di fastidio.

"Sei determinato che...?

"Non è che io sia bloccato su qualcosa. Per me, a causa della posizione che ricopro, tutti sono sospettati fino a prova contraria.

"Capisco.

"Ecco perché sospetto e sospetto.

"È comprensibile.

"Mi dai carta bianca per recitare?

«Sì, purché non riprenda la caccia.

"Non preoccuparti.

Entrambi i soldati si guardarono in silenzio. Il capo della sicurezza, facendo per andarsene, disse:

«Ti terrò informato di tutte le mie domande.

"Questo è il tuo dovere.

Quando il capo della sicurezza ebbe lasciato l'ufficio, il colonnello, preso un grosso tomo dalla copertina rossa, si sedette su una sedia di vimini preparandosi a leggere.

CAPITOLO XI

UN TEST

Alla base c'era un certo nervosismo. Si sapeva per certo che il colonnello Burton era stato convocato quella mattina dal generale di brigata. Ciò implicava qualche evento importante. Il colonnello era partito alle otto del mattino ed erano le undici e mezza uguali quando ancora non era tornato. I minuti passavano lenti ancora di più quando tutti aspettavano con interesse l'arrivo del colonnello per sapere cosa stava succedendo.

Verso le dodici e mezza accadde l'atteso. L'auto del colonnello arrivò lungo l'autostrada polverosa seguita da un'abbondante nuvola di polvere, che si alzò al passaggio dell'auto. Il veicolo si fermò davanti agli uffici e il colonnello ne scese senza fretta. Coloro che erano vicini rimasero delusi quando si accorsero che il volto del colonnello non rifletteva la minima espressione che potesse guidarli. Il capo della base, dopo essersi rispolverato con un certo gesto di dispiacere, è entrato nel suo ufficio, vi si è chiuso dentro, e vi è rimasto dentro per mezz'ora senza dare il minimo segno di vita. Cosa che arrivava ad aumentare il nervosismo degli uomini che erano sotto il suo comando.

Dopo aver mangiato, il maggiore stava per prendere il caffè al bar quando gli dissero di presentarsi all'ufficio del colonnello.

Burton, con le mani incrociate sul ventre, parlava molto lentamente, come se volesse osservare l'effetto delle sue parole sull'uomo più anziano, che ascoltava attentamente ciò che gli veniva spiegato.

«Questi sono gli ordini che ho ricevuto direttamente dal generale. So che la missione è estremamente rischiosa, ma per portarla a termine è necessario un uomo come te, con la tua capacità militare e il tuo patriottismo.

"Grazie mio Signore.

"Non devi darmeli.

Cameron sorrise e disse:

"La tua fiducia in me mi lusinga.

«Volerai su uno di quegli ultimi modelli di Hurricane che ci hanno inviato. Offrono una sicurezza maggiore rispetto al resto dei dispositivi che abbiamo, non credi?

"Sì.

"Beh, come ti dicevo, le fotografie che devi fare, devono essere delle basi militari, dell'isola di Pantelleria, il più vicino possibile a loro e il meglio che puoi. Volerà da solo, questo lo solleverà dalle responsabilità.

"Certo.

Burton stese sul tavolo una pianta dell'isola e, indicando vari punti, disse:

"Ecco dove si trovano le basi di guerra che costituiscono la difesa dell'isola, devi conoscere questo terreno, vero?

"Si lo conosco.

"Questo è un grande vantaggio per te.

Il maggiore Cameron annuì e chiese:

"Quando devo partire?

"Alle quattro. Ti sembra buono?

"Sì, perfettamente, anche oggi è una giornata molto serena, quindi nelle fotografie c'è molto bestiame.

Burton ascoltò compiaciuto le parole del maggiore.

"Ha qualche suggerimento?" chiese il colonnello.

Cameron rimase in silenzio, poi scosse la testa in senso negativo.

"In tal caso, puoi iniziare a fare i preparativi per il volo.

"Buono.

Quando Cameron stava per andarsene, il colonnello lo fermò dicendo.

"Una cosa che ho dimenticato.

"Salve signore.

"Nessuno , assolutamente nessuno, dovrebbe sapere il motivo della tua fuga e dove stai andando.

"Buono.

«È della massima importanza che tu non dica nulla.

Facendo un gesto di comprensione, Cameron ha risposto:

"In accordo.

Attraverso i vetri delle finestre il colonnello vide il maggiore allontanarsi. Sparito dietro un angolo, andò al telefono e, sollevando il ricevitore, disse:

"Fai venire il maggiore Wayne" e poi riattaccò.

Pochi minuti dopo entrò nell'ufficio la figura insignificante del maggiore.

In poche parole, il colonnello Burton spiegò al capo dei servizi di sicurezza il fatto di aver affidato una missione speciale al maggiore Cameron. Sembrava che Wayne non si trovasse bene, perché sorgendo come una molla da dove era seduto, disse:

"Ma come è stata affidata al maggiore una missione così delicata, quando su di lui gravano dubbi, che sia un possibile informatore del nemico?

Senza essere minimamente turbato, il colonnello Burton disse:

"Continuo a dirvi che il Maggiore merita tutta la mia fiducia, ma notate una cosa, su questo volo non si rischia davvero nulla, se non qualche fotografia, che potrebbe scattare ancora un altro buon pilota, e se fosse davvero un nemico informatore, ti offriamo l'opportunità di stare con il tuo.

Le parole del colonnello sembravano calmare il capo dei servizi di sicurezza.

«Se non torna ci libereremo di lui, e tu, signore, ne rimarrai molto deluso.

«Se non tornasse, sarebbe così, ma il Maggiore tornerà.

"A Dio piacendo.

Per qualche istante ci fu silenzio, ma all'improvviso il colonnello Burton disse:

"Partirà con uno degli ultimi modelli di dispositivi che abbiamo ricevuto e con un team fotografico perfezionato, totale che andrà a compiere la sua missione con il miglior materiale che abbiamo.

Con una cantilena di dubbio un po' sgradevole, Wayne commentò:

"Bene, bene, vedremo cosa succede.

"Insisti...?

"No, le ho già detto che non sono impegnato in niente, signore, solo che diffido di tutti.

continuarono a lungo la conversazione, con una certa tensione nervosa da entrambe le parti.

Il sole picchiava sul campo d'aviazione, sul quale regnava una calma soffocante, strati di aria surriscaldata si alzavano dal suolo, che a volte sembravano togliere il fiato a chi aveva la sfortuna di trovarsi coinvolto in uno di questi strati. Il caldo era così grande che i fusti di benzina per l'aereo avevano dovuto essere portati in cantine improvvisate, oppure protetti dal caldo con scrosci d'acqua ogni mezz'ora. Gli uomini dei servizi ausiliari del campo, camminavano da un luogo all'altro, indossando pantaloncini e una camicia da campagna come unico abbigliamento, la maggior parte di loro aveva sostituito gli stivali con i sandali. Quando la leggera brezza del mare entrava in campo, la temperatura si abbassava notevolmente, diventando anche gradevole, ma in giornate come questa, in cui non spirava il minimo soffio d'aria, il caldo era davvero insopportabile. In mezzo a quello spreco di luce e di calore, si stava preparando il volo del maggiore Cameron. Il dispositivo veniva esaminato attentamente e, sotto la supervisione dello stesso Cameron, venivano attaccate le telecamere.

CAPITOLO XII

COSA ACCADRÀ?

Mentre il motore si scaldava, Cameron osservava il cielo limpido, in cui non c'era la minima traccia di nuvole. I raggi del sole attraversavano l'atmosfera limpida senza difficoltà di alcun genere. Le eliche del dispositivo cantavano la loro canzone di forza e il dispositivo appoggiato sul suo carrello di atterraggio tremava leggermente aspettando il momento di risalire alla ricerca degli spazi. Il maggiore Cameron salì sull'aereo, si allacciò la cintura di sicurezza, chiuse la cabina di pilotaggio e, dopo aver indossato il casco da volo, si preparò a decollare. Con le mani fece il cartello "fuori cunei" e gli assistenti lasciarono l'aereo in condizione di iniziare la corsa. Con mano ferma e precisione matematica, Cameron stava dando gas al motore, che iniziò a ruggire più freneticamente, il congegno iniziò a muoversi muovendosi lungo il terreno. A poco a poco stava vincendo la gara, alzandosi dalla coda. Il contagiri indicava il numero necessario per poter decollare senza timore di stallo. Uno strattone al posto di controllo avvia il dispositivo in una salita vertiginosa. Come un uccello si allontanava nello spazio con grande serenità ed eleganza di movimento. Il compensatore automatico responsabile di mantenere il dispositivo in perfetta posizione di volo ha funzionato a meraviglia. L'aereo senza dare il minimo movimento di beccheggio o rollio si faceva sempre più piccolo nell'immenso blu.

La torre di controllo comunicava al maggiore le condizioni meteorologiche lungo il percorso che doveva percorrere. Notificandolo che questo era perfetto per il volo lungo l'intero percorso.

Quando circa dieci minuti dopo che il maggiore se ne fu andato, entrò nell'ufficio del colonnello Burton, il capo del servizio di sicurezza. disse il colonnello come un unico e breve saluto.

"Questo è tutto.

"Sì è quello. Ora non ci resta che aspettare.

"Questo è tutto.

Accendendosi entrambi una sigaretta, si sedettero nelle rispettive sedie di vimini. Burton si sbottonò un po' la tunica per soffrire meno i rigori del tempo. Osservando il volto del colonnello, vi si leggeva una certa e debole espressione di inquietudine, finemente colta dal capo della sicurezza, che si tratteneva dal fare il minimo commento. Burton guardò l'orologio e, gettando indietro la testa, sembrò volersi addormentare. In verità, però, tutto quello che voleva in quei momenti nervosi era evitare di parlare con Wayne. Il rombo del motore dell'aereo pilotato da Cameron sembrava ancora udirsi nello spazio. Tuttavia, era già perso all'orizzonte, lasciandogli solo l'ansia del suo ritorno.

Gli ufficiali e gli altri piloti della base rimasero alquanto sorpresi da quel volo compiuto dal maggiore. Tutti avevano cercato di scoprirne la causa, senza ottenerne il minimo dettaglio. Domande e false risposte si diffondono di bocca in bocca con la velocità di un incendio. Nessuno sapeva nulla di certo e le supposizioni e le affermazioni si contraddicevano a vicenda in modo tale da formare un vero e proprio labirinto di idee. Gli aviatori bighellonavano intorno alla torre di comando, aspettando che scoprisse qualcosa. Ma i servi di detta dipendenza, completamente in isolamento per ordine del colonnello, non potevano minimamente informare del maggiore Cameron. Di tanto in tanto il colonnello contattava telefonicamente la torre, chiedendo con entusiasmo informazioni sull'aereo in volo.

"Il volo continua regolarmente" diceva il colonnello al suo collega dopo ogni informazione ricevuta.

"Bene" stava solo rispondendo Wayne.

" Entro pochi minuti sarai arrivato sull'isola a scattare le foto. Nel giro di un'ora, quindi, sapremo cosa aspettarci da lui.

"Per te, più di ogni altra cosa, voglio che il maggiore torni a mostrarci la sua innocenza.

I minuti sembravano trasformarsi in secoli in quell'attesa angosciosa. Il colonnello Burton non ha fatto nulla per nascondere il suo nervosismo. Si era alzato e stava camminando su e giù per la stanza, facendo lunghi passi e girando velocemente ogni volta che arrivava al bordo della stanza. Il sole leggermente inclinato entrava dalle finestre, inondando di luce la stanza, dove il fumo delle sigarette formava una densa nube. I posacenere sempre più pieni mostravano il nervosismo prevalente. I due uomini, a intervalli irregolari, consultavano i rispettivi orologi.

«Presto avremo notizie», esclamò Burton.

"Sì, in realtà manca poco al tempo preciso che è trascorso.

Tornando a sedersi, il colonnello disse:

"Nonostante abbia fiducia nell'anziano, non posso negare di essere nervoso.

"È naturale, la prova è definire e per questo si capisce il suo nervosismo.

Accendendosi una nuova sigaretta, il colonnello Burton chiese con un certo sarcasmo:

"Se l'anziano ritorna, su chi ricadranno i suoi sospetti?

La domanda posta al maggiore Wayne lo lasciò alquanto sorpreso, ma reagendo, rispose:

"In particolare nessuno. Sono un po' perplesso, lo confesso, ma in generale su tutti i piloti e il personale di terra.

"Sarà necessario fare una selezione.

"Certo.

"Chi sarà il più anziano tra?

" Ovviamente se torna, sarà nella selezione dei 'non sospetti'.

«Bene, ora puoi metterlo in testa.

"Non è ancora tornato.

«Ma non passerà molto tempo prima di sapere del suo ritorno.

"Beh, allora, ma per ora...

Burton ha interrotto il capo della sicurezza chiedendo:

"Quindi, tutto sommato, non hai altri sospettati?

"No.

"E cosa hai intenzione di fare? Se gli italiani continuano a dimostrarci con le loro azioni, che sanno il giorno e l'ora in cui li attaccheremo.

Wayne rimase in silenzio come se stesse valutando la risposta, anche se Burton sapeva per certo che il militare non sapeva cosa rispondere. Il colonnello con una certa ironia chiese:

"Continuerai a cercare, vero?

"Certo.

"Questa è la sua missione, ma non si riduce solo a cercare, deve anche trovare.

Il maggiore Wayne iniziò a sentirsi infastidito dalle parole del suo superiore e decise di sopportare la sua ironia con rassegnazione. I minuti passavano lenti ed erano circa quattordici che non si avevano notizie del maggiore. Il nervosismo di Burton aumentò.

"Tra pochi minuti dovrei essere qui, giusto? chiese Wayne.

"Sì.

"E del suo ritorno per ora non si hanno notizie, è una cosa strana.

"Un ritardo può essere causato da qualsiasi cosa.

"È anche vero, ma perché non lo comunichi?

"Lo saprà.

Le lancette dell'orologio continuavano indifferenti, segnando minuto dopo minuto il tempo che passava.

CAPITOLO XIII

IL VOLO

Quando Cameron è decollato dal campo di Tobruk, si è reso conto che la missione che gli era stata affidata era difficile da portare a termine. Il fatto di dover fotografare le basi nemiche in pieno sole senza scorta di alcun genere, era troppo esposto. Le possibilità di successo erano estremamente limitate. Tuttavia, l'ordine dato doveva essere eseguito. Il dispositivo ha volato in ottime condizioni e il motore ha risposto perfettamente alle esigenze del volo. Nella cabina di pilotaggio dell'uragano, il maggiore pensava che non sarebbe potuto tornare alla base. Per qualche istante ne fu completamente sicuro. Con grande forza di volontà respinse le macabre idee che lo assalivano. Era un buon pilota e non aveva nulla da temere. I dispositivi di segnalazione sul cruscotto avvertivano il maggiore della situazione e delle condizioni tecniche in cui stava effettuando la traversata. A 8.000 piedi l'aereo è entrato in una forte corrente ascensionale, che gli ha fatto guadagnare velocità. Sotto l'aereo si stendeva il lenzuolo azzurro del mare, in perfetta calma, sul quale non spiccava assolutamente nulla. Le eliche dell'aereo fischiarono mentre interrompevano l'aria di supporto e l'aereo si stava muovendo attraverso di essa ad alta velocità.

Pantelleria era ancora molto più a nord quando Cameron vide un aereo italiano sorvolarla a circa cinquecento metri di distanza. A quanto pare il pilota italiano non si era accorto della presenza dell'aereo britannico, quindi, ignorandolo, ha proseguito il volo al di sopra. Cameron per qualche istante esitò ad attaccarlo. Era possibile che l'italiano lo avesse effettivamente visto, ma non avesse osato attaccarlo. In quel caso avrebbe comunicato con la base di Pantelleria e gli sarebbero usciti incontro. Forse non l'aveva visto? Cameron ha deciso di non mettergli fretta. L'apparato italiano si stava allontanando, visto che il più grosso tagliava gas perdendo velocità di proposito. La sagoma dell'aereo italiano si stagliava in lontananza, Cameron guadagnò quota e corresse il volo, poiché il vento che si era alzato da est lo aveva fatto entrare in un angolo di deriva molto pronunciato.

Pantelleria appariva in lontananza, come un grande cetaceo che galleggiava nelle acque. Audacemente senza pensare, poiché ciò era impossibile, Cameron diresse la sua imbarcazione verso l'isola in linea retta, senza effettuare un tentativo di volo ad alta quota. Si stava avvicinando all'isola, che aumentava di dimensioni man mano che la distanza diminuiva. I contorni dell'isola apparivano netti. Finora non c'era stato alcun segno di aggressione. Dopo aver esaminato le telecamere, Cameron si è preparato a lanciarsi sull'isola. Sorvolando la base, contrassegnata dal colonnello Burton come di primo interesse, Cameron vi si tuffò dentro. Quando arrivò all'altezza che riteneva sicura, premette i grilletti automatici delle telecamere, e poi prese il volo, soddisfatto di quel primo passaggio. In cerchio, il maggiore si diresse verso il luogo in cui si trovavano le difese costiere. Mentre si dirigeva verso di loro, i cannoni antiaerei dell'isola iniziarono a sparargli contro. Le nuvole di esplosioni dei proiettili antiaerei circondarono l'aereo britannico, senza ancora colpire il bersaglio. Con sorpresa, il maggiore scoprì che gli italiani non gli lanciavano addosso i loro aerei, ma si limitavano a sparare da terra, il che era naturalmente di gradimento del maggiore. Per evitare il più possibile l'efficacia dei pezzi di difesa, Cameron si è abbassato fin quasi a terra, sconcertando così gli artiglieri dei pezzi. Sul molo militare, Cameron ha mostrato la sua maestria di pilota fotografando i moli a distanza ravvicinata. Poi guadagnò nuovamente quota e si diresse verso le basi all'interno dell'isola. Il fuoco delle difese si intensificò alquanto quando entrò. I pezzi situati nelle montagne gli hanno sparato incessantemente. Dopo circa quattro minuti di volo giunse a destinazione dove, superando in astuzia l'artiglieria con grande pericolo, eseguì l'operazione con grande abilità.

La parte difficile era già stata fatta. Stava per rientrare a Tobruk, dopo aver scattato le ultime fotografie, calpestato il timone, corretto il volo, quando all'improvviso, come veri fantasmi, apparvero agli occhi di Cameron cinque aerei da caccia italiani. Il maggiore capì che la sua unica salvezza era guadagnare spazio per loro, ma gli aerei nemici si stavano avvicinando a grande velocità, raggiungendolo. La lotta sarebbe stata molto impari. Per numero la vittoria è stata certamente degli italiani. Con un'abile e sorprendente manovra, il più grosso si tuffò passando sotto i suoi nemici e mettendosi alle loro spalle. Prima che se ne rendessero conto, Cameron li stava caricando, facendo fragore le sue mitragliatrici. Le prime raffiche non sono riuscite a colpire il bersaglio, i proiettili si sono persi in aria, cadendo poi sul suolo di Pantelleria. Gli italiani, infastiditi dalla presa in giro dell'apparato britannico, si sono lanciati su Cameron quasi contemporaneamente. Questo si lasciò infilare sull'ala sinistra, uscendo così dal cerchio di fuoco formato dalle mitragliatrici dei cinque velivoli. Dopo aver accelerato a tutto gas, si alzò con un angolo ripido, sbattendo contro la coda di un combattente nemico. Il maggiore premette i grilletti delle mitragliatrici e cominciarono il loro canto balbettante. I proiettili hanno colpito il bersaglio. La coda dell'aereo nemico è stata materialmente distrutta. Senza controllo di volo, l'aereo italiano è andato in testacoda e si è schiantato pochi minuti dopo.

I restanti quattro aerei, colpiti dall'autostima dall'abilità di quell'uomo solitario che così valorosamente gli aveva dato una faccia, si lanciarono con disperato abbandono contro l'uragano. I pezzi di terra avevano smesso di sparare, lasciando i quattro aerei ad abbattere il nemico. La fatica ha rinunciato al vecchio Cameron, che ha combattuto eroicamente contro i suoi quattro nemici. Tenere a bada gli aerei italiani era una missione molto difficile. Tuttavia, la grande abilità ed esperienza dell'inglese riuscì a far temere agli aerei nemici di avvicinarsi a lui.

L'angoscia affollava la mente dell'uomo più anziano. La sua compostezza e abilità gli fecero capire che era inevitabilmente perduto. Gli ordigni lo assediarono fino alla disperazione. Non importa quanti sforzi abbia fatto l'anziano, non è riuscito a liberarsene. L'uragano un po' più abile nel movimento era l'unico vantaggio che l'anziano aveva sui suoi nemici. Tuttavia, la superiorità numerica era un vantaggio molto marcato sui più grandi, e questo vantaggio si rivelò.

Le acque del mare lambiscono pazientemente le coste dell'isola. Il cielo era tornato calmo, mentre sulla superficie ondulata dell'acqua galleggiavano i resti di un aeroplano. Su un pezzo della fusoliera si poteva chiaramente distinguere il marchio dell'aviazione britannica. Le luci del crepuscolo bagnavano gli spazi, tingendo tutto di colori accesi. Scese il silenzio, percependo solo il mormorio prodotto dalle acque nel continuo e monotono infrangersi sulla costa. Rumore sempre uguale, ma sempre diverso. A poco a poco, le centinaia di stelle miracolosamente sospese in esso iniziarono a tremolare nell'infinità della volta celeste, a dimostrazione dell'insignificanza dell'esistenza dell'uomo. Ora la natura saggia imposta come ultimo lutto, il silenzio del siderale e la bellezza dell'incomprensibile. I ruggiti dei cannoni erano cessati come se si vergognassero di se stessi, e gli uccelli d'acciaio avevano sospeso il loro volo artificiale come se temessero di scatenare la furia del Creatore. Il falso soccombeva sotto gli effetti del naturale, del male o della lotta non aveva potuto distruggere la bellezza del tramonto, dove muore il giorno o nasce la notte con il suo silenzio sonoro, popolato di mistero e bellezza. Luccicanti lassù, le luci degli spazi giudicavano gli uomini, che forse con dispotica malizia guardavano con invidia ciò che non avrebbero mai compreso. Dove pochi minuti prima c'era stata una lotta all'ultimo sangue tra gli uomini, ora regnava la pace, e in fondo alle acque dei mari c'erano le testimonianze residue di quella che l'uomo chiama "l'arte della guerra".

CAPITOLO XIV

FRASE

L'orologio dell'ufficio segnava le sette di sera. Il suo ticchettio con marcia imperterrita scandiva il tempo che passava. Il colonnello Burton, con la faccia madida di sudore e visibilmente pallido, tamburellava con la punta delle dita sulla scrivania del suo ufficio. Davanti a lui c'era il capo dei servizi di sicurezza, che guardava in silenzio il suo superiore.

"Vista l'evidenza dei fatti, devo arrendermi", commentò il colonnello.

"I miei sospetti non erano infondati. Il Maggiore non è tornato: è rimasto a Pantelleria con la sua famiglia.

"È possibile che sia stato abbattuto.

"Ci avrebbe comunicato via radio che era in combattimento.

"Chissà!

I due soldati rimasero a lungo in silenzio, ognuno immerso nei propri pensieri e nelle proprie idee. Il colonnello Burton fu davvero colto alla sprovvista. Era impossibile per lui che il maggiore avesse qualcosa a che fare con le forze nemiche. Anche controllando che Cameron non fosse tornato dalla sua missione, era difficile credere che fosse rimasto con gli italiani. Poco prima delle otto di sera, il capo dei servizi ausiliari ha notificato la completa inefficienza della ricerca radio, perché per quanto si impegnassero, non potevano comunicare con l'aereo connazionale.

"Hai vinto la partita per il momento.

Il Responsabile della Sicurezza ha risposto con soddisfazione:

"Mi dispiace per voi.

"Che differenza fa? La realtà prevale sempre.

"È vero.

"E in questa occasione la realtà è stata schiacciante per gli altri, avevo piena fiducia nel Maggiore.

"Non puoi mai fidarti apertamente di nessuno. L'esperienza lo dimostra.

"Questa volta sì.

"Cosa hai intenzione di fare?" ha chiesto il capo della sicurezza.

"Io niente. Parteciperai e farai le pratiche burocratiche necessarie per porre fine a questa faccenda.

"Si signore.

"Ma...

"Ma cosa, signore? " chiese l'anziano.

"E se l'avessero abbattuto?

"Se è così, lo scopriremo.

"Bene, lascia passare tre giorni prima di fare qualsiasi cosa.

"Come ordini.

"Sì, è meglio. Lasciamo un margine di tempo. Non vogliamo correre troppo e andiamo a prenderci le dita.

Il capo della sicurezza sorrise ironicamente mentre diceva:

"Comandi tu.

Burton, abbottonandosi la tunica, fece per uscire dall'ufficio, così il capo della sicurezza si fece da parte per concedere un passaggio gratuito al suo superiore.

"Grazie.

Il colonnello, quasi senza voltarsi a guardare il maggiore, lo salutò dicendo:

"Ci vediamo domani, buonanotte.

Il capo della sicurezza fece il saluto militare al suo superiore, ma si stava già allontanando con passo rapido e deciso.

Burton non è riuscito a dormire tutta la notte. Idee e incubi si susseguivano con incredibile continuità. Due o tre volte si è svegliato nel cuore della notte di soprassalto, sudando e ansimando, sentendo che qualcosa non andava in lui. Shrimp... Cameron... All'interno del colonnello qualcosa gli diceva che il maggiore non era un traditore, tutt'altro. Aveva la quasi assoluta certezza che gli fosse successo qualcosa di brutto ed era per questo che non era tornato. Burton aveva visto il Maggiore combattere in diverse occasioni su diversi fronti e linee di fuoco. E sempre in tutte le occasioni si era comportato come un patriota e un guerriero. Era quindi del tutto impossibile dal punto di vista di Burton che il maggiore si fosse rivelato un informatore italiano. Il colonnello desiderava l'alba. Forse con la luce del nuovo giorno le sue preoccupazioni si sarebbero dissipate.

La torre di controllo dell'aerodromo si trovava ad angolo retto. Torreggiava sulle altre unità base, con un certo orgoglio. La galleria che si trovava alla sua sommità, completamente in vetro, ospitava una lunga serie di apparecchi scientifici, molto utili per gli uomini in volo. Dal semplice anemometro al radiofaro, c'erano tutti i dispositivi necessari che ogni buona torre di comando dovrebbe avere. Il colonnello Burton in piedi accanto all'apparato trasmittente, osserva lo stesso server che a intervalli regolari ha lanciato la chiamata dalla base nello spazio. Non importa quante volte ha chiamato, non è stata ottenuta alcuna risposta di alcun tipo. I dispositivi di "ascolto" scandagliavano continuamente lo spazio alla ricerca di un suono che calmasse l'umore del capo della base. Ma era tutto inutile, completamente inutile. Il maggiore Cameron non è tornato.

"Comunque, continua a guardare e chiamare", ordinò il colonnello prima di lasciare la torre.

"Sì, signore", ha risposto il capo dei servizi ausiliari.

"Qualunque cosa accada, faccelo sapere. È di grande interesse per me.
"Lo faremo.

Quando Burton lasciò la torre sentì un enorme peso sulla sua anima. La delusione che aveva avuto sembrava averlo invecchiato di molti anni. Con passo lento andò nel suo ufficio, passando davanti al bar della base per mangiare qualcosa. Quando è entrato in detto sito ha potuto rendersi conto che diversi piloti stavano parlando del maggiore Cameron e che quando lo hanno visto hanno smesso di commentare. Gli ufficiali salutarono rispettosamente il colonnello. In un angolo della stanza entrarono i tenenti Leith e Powell, i quali, osservando lo stato del colonnello, commentarono.

"Da quello che puoi vedere, lo ha colpito molto il fatto che il maggiore Cameron non sia tornato.

«In una certa misura è naturale, Leith. Credo che si conoscano da diversi anni e abbiano ripetutamente litigato insieme.

"Allora si capisce, ma tu, cosa ne pensi, che fine ha fatto il maggiore? Dimmi.

"Bene, il più logico; l'avranno abbattuto. È partito da solo, credo per compiere una missione delicata. Gli italiani gli saranno saltati addosso.

"Pietà.

"Sì, era un buon pilota e un ottimo compagno di squadra, anche se un po' riservato.

"Tutti abbiamo le nostre cose.

"Certo.

I due ufficiali hanno continuato a fare commenti. Circa quindici minuti dopo che il colonnello era entrato nel bar, un soldato con passo affrettato gli si avvicinò e gli sussurrò alcune parole. Lasciando il pranzo, lasciò rapidamente la stanza.

Quando il colonnello arrivò alla torre di controllo, il tenente addetto alle trasmissioni, dopo aver salutato, disse:

"Un sommergibile ci ha raccontato che ieri alle sette di sera, mentre stava riemergendo per ricaricare le batterie, a sud di Pantelleria, ha potuto sentire chiaramente il rumore di una battaglia in direzione dell'isola.

Burton rimase in silenzio con un sorriso leggermente soddisfatto sul volto. Poi ha chiesto:

"Niente di più?

"Sì, ci informa che a causa delle esplosioni hanno dedotto che il fuoco proveniva da pezzi di terra.

" Antiaereo?

«Forse, signore.

"Grazie.

Burton sapeva già che Cameron si era difeso coraggiosamente.

CAPITOLO XV

IN TERRA NEMICA

Mani serrate sulle rocce. Con il corpo immerso nell'acqua fino al petto, stava facendo grandi sforzi per restare a galla. Le rocce scivolose per effetto delle acque non offrivano grande sicurezza. Le onde gli colpirono la schiena schiacciandogli il corpo contro le rocce. A poco a poco e facendo grandi sforzi, si alzò, sollevando il suo corpo fuori dall'acqua. La ferita sulla coscia gli faceva molto male e il sangue che aveva perso lo aveva gravemente indebolito. Alla fine, dopo lunghe sofferenze, Cameron si sdraiò su una roccia piatta. Attraverso gli occhi semichiusi poteva vedere nell'oscurità della notte il luccichio delle stelle. Il suo respiro irregolare rivelava la sua stanchezza e spossatezza. La notte proteggeva lui ei suoi nemici, vedendo che il suo aereo era precipitato in mare, lo aveva dato per morto. Miracolosamente, però, il Maggiore era riuscito a uscire dalla cabina di pilotaggio prima che l'aereo affondasse. Il nuoto si stava lentamente avvicinando alla riva. Rimase sdraiato sulla roccia per circa mezz'ora, durante la quale il suo respiro si calmò. Mancavano sei ore all'alba. Cameron pensava che se il sole fosse sorto senza che lui avesse un posto dove rifugiarsi, sarebbe stato irrimediabilmente un uomo morto. Facendo uno sforzo, si alzò a sedere osservando il luogo in cui si trovava. Improvvisamente nella sua immaginazione si formarono le immagini di un passato, si ricordò di quel luogo, e sentì che in mezzo alla sua tragedia si apriva una luce di speranza.

Il pericolo di essere localizzato da qualche pattuglia italiana esisteva in modo schiacciante. Strisciando, saltando da una copertura all'altra, Cameron si è fatto strada nelle terre di Pantelleria. Se la sua memoria non lo ingannava, si trovava vicino a un villaggio, dove un tempo aveva avuto buoni amici. Ricordava anche che a circa trecento metri da esso c'era un grande palazzo. Protetto dalle tenebre non era molto difficile raggiungere il paese. Cameron ha scartato l'idea di seguire strade rurali, quindi la sua avanzata è stata fatta attraverso il paese, evitando così un gran numero di pericoli. La sua gamba ferita di tanto in tanto vacillava, cadendo due volte a terra, rialzandosi dopo lunghi sforzi. Il terreno attraverso il quale stava avanzando era roccioso e molto irregolare, quindi offriva grandi difficoltà. Una volta gli parve di sentire delle voci a poca distanza da lui, così rimase completamente immobile ad ascoltare. Tuttavia, non importa quanto ci provasse, non sentì più nulla. Pensò che forse era il risultato del suo nervosismo. I tronchi degli alberi che cominciava a trovare erano per lui fonte di gioia, poiché gli offrivano un camuffamento. Improvvisamente sentì il suo cuore fermarsi. Poteva sentire chiaramente il motore di un'auto che, aumentando il volume, indicava che si stava avvicinando a dove si trovava. Con grande cautela si sdraiò a terra e aspettò. Sentì il suo cuore battere forte e le sue mani erano madide di sudore freddo. Il buio di quei luoghi era rotto dai fari di un'auto che, facendo una curva, gli passava accanto. Le sue mani erano inchiodate a terra in un rictus di angoscia e disperazione. L'auto si allontanò, l'oscurità e il silenzio si diffusero di nuovo. Rialzandosi, iniziò la marcia, attraverso il terreno insicuro. Gli alberi, come fantasmi, si alzavano dal suolo imponendo la loro mole. Cameron a volte si sentiva debole e arrivava a dubitare che sarebbe arrivato al punto di destinazione che gli era stato proposto. Sapeva positivamente che nel luogo dove si recava poteva contare su amici sicuri e nobili. Dopo due ore di cammino, attraverso quei luoghi che anni prima aveva percorso nella calma più assoluta, raggiunse un promontorio. Sul terreno sotto di lui si potevano vedere diverse luci tremolare debolmente, indicando l'esistenza di edifici. Studiando la posizione di quelle luci, Cameron si è assicurato dove si trovava con grande precisione. Determinato, iniziò a camminare. Improvvisamente sentì i suoi piedi bagnarsi. Si fermò e, chinandosi, verificò con gioia che un ruscelletto scorreva ai suoi piedi. Facendo con le mani una casseruola, il Maggiore bevve l'acqua ricca e fresca, con la quale si sentiva confortato. Dopo aver bevuto, pensò di avere tutto il tempo per arrivare al villaggio, e allora decise di riposarsi un po'. Seduto su una spessa roccia, rimase immobile mentre sentiva il cuore che gli batteva forte. Le immagini del passato si ammassavano nella sua mente, lottando l'una contro l'altra per rimanere trattenute, ma il susseguirsi delle idee, nate nei ricordi, spingeva le immagini in una sfilata rapida e tumultuosa.

Forse aveva dormito. Quando il Maggiore sollevò la testa dai palmi delle mani, le stelle brillavano ancora nello spazio e le luci delle case scintillavano nella città. Più sollevato dopo la pausa, decise di continuare a camminare. Le sue gambe rispondevano un po' meglio alle necessità della marcia, anche se la ferita alla coscia gli doleva intensamente. Anche se poteva camminare più velocemente, lo faceva lentamente e con più precauzioni. Essere più vicini al piccolo villaggio significava rifugio da un lato e aumento del pericolo dall'altro. La discesa lungo il pendio, verso il paese, era una promessa di salvezza e pericolo, una congruenza che tormentava il Maggiore. La notte era ancora completamente chiusa e alle spalle di Cameron cominciavano a salire all'orizzonte delle nebbie nere che tendevano ad aumentarne l'oscurità. Le sue mani sanguinavano. I suoi brancolamenti gli fecero perdere l'equilibrio, così più volte le sue mani si aggrapparono a cespugli e piante appuntite che gli facevano male. L'insicurezza della marcia è stata estenuante, a causa dell'irregolarità del terreno, che a più riprese ha cambiato improvvisamente configurazione. Per due volte gli sembrò di udire le voci Maggiori non lontano da lui. Entrambe le volte trattenne il fiato, volendo non provocare il minimo rumore. La prima volta non era sicuro che stessero davvero parlando, ma la seconda volta, con grande orrore, sentì delle voci che si avvicinavano a lui. A quanto pare erano due uomini. Parlavano correttamente l'italiano e Cameron ha potuto ascoltare parte di una conversazione.

"Coraggioso idiota. Cerca di venire da solo.

"Non è importante. Ora è fuori gioco.

"Ha dato molto da fare..." E' vero ma alla fine...

"L'acqua.

"Sì...

La conversazione era abbastanza chiara, tanto che il Maggiore non capì che quegli uomini parlavano di lui. Tendendo le orecchie, udì:

"Domani drageranno il luogo dove è caduto, visto che è finito sui banchi di sabbia. Quindi vedremo che faccia ha.

"Sì.

«E anche quanto sarà crivellato. Avranno messo una buona razione di piombo.

"Sicuro.

I due uomini risero fragorosamente. Quando smisero di farlo e ripresero la conversazione, si erano già allontanati considerevolmente, cosicché il maggiore riuscì a cogliere al volo solo un paio di parole.

"Il tenente... dice...

Cosa sarebbe successo quando avessero scoperto che non era all'interno del dispositivo? Questa fu la domanda immediata che si pose il Maggiore, rispondendosi rapidamente:

"Non lasceranno nulla di intentato finché non mi troveranno.

"La situazione era difficile, più di quanto avesse creduto. Gli eventi avevano aumentato la tensione nervosa del maggiore. Con orrore vide che le luci della città danzavano davanti ai suoi occhi. Sentì le gambe tremare, e aggrappandosi forte a un ramo, si tenne per qualche istante e poi scivolò. Le sue ginocchia toccarono terra, tutto si annebbiava davanti ai suoi occhi e, svenuto, cadde prono a terra. La ferita alla coscia sanguinava copiosamente.

CAPITOLO XVI

L'INCONTRO

Quando Cameron aprì gli occhi credette di sognare, perché davanti a sé vide il viso bello e giovanile di una ragazza che si chinò sul suo volto guardandolo con una certa ammirazione. Come in questi casi, Cameron ha chiesto:

"Dove sono?

La giovane gli sorrise e con accento dolce e consolatorio rispose all'ansiosa domanda:

«È in un posto tranquillo, te lo assicuro.

Cameron sorrise e chiudendo gli occhi rimase in silenzio mentre ascoltava il respiro misurato del suo compagno. Per qualche istante credette di sentire un debole, gradevole profumo femminile, e sentì il cuore accelerare. Dopo aver tenuto gli occhi chiusi per qualche minuto, li riaprì e vide che la giovane era scomparsa. Senza fretta, si guardò intorno nella stanza in cui si trovava. Era una stanza grande, con il pavimento rosso mattone e le pareti candide, da cui pendevano alcuni quadri con motivi diversi. In un angolo vedeva un vecchio armadio di legno scuro con un grande specchio, in esso vedeva il riflesso della finestra che era quasi a capo del suo letto. Era così assorto nelle sue osservazioni che non si accorse che la giovane donna che era stata con lui in precedenza stava rientrando nella stanza portando abiti civili sulle braccia. La giovane donna avvicinandosi al letto chiese:

"Come va?

Rivolgendosi a lei, Cameron ha risposto:

"Abbastanza guarito.

"È naturale. Ha dormito quasi otto ore e abbiamo curato la ferita che ha sul muscolo.

"Grazie mille.

Come indovinando la serie di domande che si stavano accumulando nella mente di Cameron, la giovane donna disse:

"Mio fratello lo ha trovato steso a terra e lo ha portato a casa con molta cura. Mio padre è medico e dice che quello che hai non è niente di grave, tu.

Un Cameron visibilmente compiaciuto ha risposto.

«A quanto pare sono in buone mani.

La giovane donna, alzando lo sguardo e fissando gli occhi in quelli di Cameron, commentò con una certa arroganza:

"Puoi starne certo.

Non volevo offenderla con il mio commento.

" Certo che lo so.

La giovane aveva lasciato i vestiti sul letto di Cameron e, regalandogli un sorriso, ha detto:

"Alzati, vestiti in borghese e scendi le scale. Mio padre vuole parlargli.

"Buono.

"Se hai bisogno di qualcosa, chiama.

"Grazie.

Con passo veloce la giovane donna si diresse verso la porta, uscendo dalla stanza.

Mentre il maggiore indossava quegli abiti, composti da pantaloni di velluto a coste e una camicia di flanella, oltre a dei vecchi scarponcini da trekking, si chiedeva calmandosi i nervi e promettendosi buona fortuna.

Le scale per le quali scendeva al pianterreno erano di legno e piuttosto logore. Quando ne raggiunse gli ultimi gradini, poté vedere davanti a sé una stanza grande e magnifica, al centro della quale c'era un grande tavolo. Stava osservando tutto ciò che si presentava davanti ai suoi occhi, quando udì una voce virile che con calma gli disse:

«Andiamo, maggiore, siediti.

Cameron si voltò verso il punto da cui proveniva la voce. Distinse un uomo anziano con la barba rasata, che lo stava indirizzando a sedersi. Il giovane obbedì e l'altro spiegò, anticipando le sue parole:

ti ha portato mio figlio Olaf eri incosciente, ma ho capito subito che ti saresti ripreso in fretta. Fece una pausa e poi aggiunse: Mi chiamo Nissen e sono un medico. Abbiamo vissuto qui con i miei figli per molti anni. Essendo sudditi svedesi, apparteniamo a una nazione neutrale e gli italiani non ci hanno dato fastidio. E a proposito, questi ti staranno cercando ora. Hanno capito che non è morto e deve restare nascosto in casa.

"Lo apprezzo, ma li espongo a un rischio enorme.

Nissen scrollò le spalle.

"La vita è una serie di rischi. Tu stesso hai corso un grosso rischio.

Cameron annuì.

"Sono stato miracolosamente salvato.

"Lo puoi dire.

"Continuo a non capire come sono uscito vivo dagli attacchi dei combattenti italiani.

"Semplicemente non era il suo momento. Quando questo arriverà non ci sarà forza umana capace di salvarlo.

"È giusto.

"Adesso andiamo. Devi recuperare le forze e questo può essere ottenuto solo con un buon pranzo.

" Ancora una volta hai ragione.

Alzandosi, andarono al tavolo nella stanza dove la giovane donna che in origine aveva assistito l'anziano aveva servito un abbondante pranzo.

"Mia figlia ha una grande mano in cucina.

" Così sembra" rispose Cameron guardando il cibo.

"Siediti e mangia quanto vuoi.

"Grazie.

Obbedendo, Cameron iniziò a mangiare con grande appetito. Durante il pranzo si è parlato poco. Verso la fine, un giovane dall'aspetto corpulento entrò improvvisamente nella sala da pranzo ansimando, e con voce spezzata dalla stanchezza disse:

"Stanno perlustrando la città, casa per casa! Non ci vorrà molto perché la pattuglia arrivi qui!

Tacquero tutti guardandosi l'un l'altro. Improvvisamente il vecchio si alzò e disse:

"Devi nasconderti. Vai con lui, Olaf; sai dove Il vecchio fece cenno all'anziano di seguire il giovane.

Cameron ha chiesto:

"La mia uniforme?

"Non aver paura. Si è trasformato in un mucchio di cenere.

"Va bene.

Con voce impaziente e a disagio, Olaf esclamò:

"Andiamo sbrigati!

Cameron seguì il giovane, iniziando a salire le scale. All'improvviso raggiunsero Cameron, un forte bussare alla porta d'ingresso.

"Sono già qui!" esclamò Olaf.

"Sì, devono esserlo.

"Dai, dai presto!

Quando raggiunsero un secondo piano, percorsero un lungo corridoio fino a una stanza. Una volta dentro, Olaf si avvicinò a una cassettiera e tirandola indietro dal muro rivelò una piccola porta.

"Entra senza paura. Sarà al sicuro. Non preoccuparti. Quando se ne saranno andati ti faremo sapere.

Un po' nervoso, Cameron fece come gli era stato detto.

CAPITOLO XVII

UNA SCOPERTA

Debolmente, le voci dei soldati che perquisivano la casa raggiunsero Cameron. Con i nervi tesi, rimase immobile, in attesa degli eventi. Improvvisamente si accorse che le voci stavano aumentando di volume. I soldati italiani erano nella stanza, che conduceva al loro nascondiglio. Il suo cuore batteva forte e poteva sentire chiaramente la loro conversazione.

«Siamo certi, dottore, che l'inglese che abbiamo abbattuto sia vivo e si nasconda sull'isola.

"Capisco, ma cercarlo non dovrebbe essere un compito facile.

"Te stesso...

Cameron era stupito dalla tranquillità mostrata dal suo amico dottore.

"Non hai indizi?

"Questa è la città più vicina al punto in cui è caduto il tuo dispositivo, quindi abbiamo iniziato la ricerca qui. Chiedo scusa per l'inconveniente.

"Non c'era più. Tu adempi il tuo obbligo.

"Certo.

"Non devi scusarti.

"Grazie, vediamo che qui non c'è nessuno. Se ci permetti, continueremo.

"Sì, sì, continua.

Con gioia, Cameron si rese conto che i soldati nemici si stavano allontanando. A poco a poco, mentre aspettava che venissero a portarlo fuori dal suo nascondiglio, si accorse dell'oscurità del luogo in cui si trovava. Quando i suoi occhi si furono abituati alla luce debole e fioca, vide davanti a sé dei mobili disordinati. Su un tavolo posto in un angolo della minuscola stanza dove si trovava, vide un mucchio di carte. Con movimenti quasi meccanici cominciò a sfogliare detti fogli, alcuni dei quali caddero a terra. Cameron si chinò per raccoglierli, e grande fu la sua sorpresa quando trovò una fotografia, di una persona che conosceva. Quando i suoi occhi si fissarono sull'immagine raffigurata sul piccolo quadrilatero di carta, provò un'emozione terribile. Rimase assolutamente immobile per qualche istante e poi con un gesto nervoso infilò la foto nella tasca dei pantaloni. Dopo un tempo indeterminato per il maggiore, sentì di nuovo questo rumore nella stanza, che lasciò il posto al suo nascondiglio. All'improvviso sentì una voce che chiedeva.

"Sta bene, maggiore?

Cameron ha riconosciuto la voce di Michael e ha risposto.

"Sì.

«Ora lo tirerò fuori dal nascondiglio. Il pericolo è passato.

"Bene grazie.

Quando il maggiore si ritrovò al piano terra del palazzo, in compagnia dei suoi nuovi amici, chiese:

"Cosa è successo?

Il vecchio con un'espressione amichevole, avvicinandosi all'anziano e prendendolo per un braccio, disse:

"Niente, niente di particolare.

"Mi cercano?

"Sì lo è.

"Forse torneranno?

"Potrebbe essere, ma non per ora.

"Buono.

Il vecchio dottore si sedette su una sedia e dopo aver riposato per qualche minuto disse:

"Mia figlia dice che gli italiani sono assolutamente certi che tu sia in questa città. Abbiamo pensato che sarebbe stato conveniente per te uscirne.

"Ma come?

Con la mano destra il vecchio si grattò la barba e dopo aver meditato per qualche istante esclamò.

"Non è difficile.

"Esporre.

"Vedi, sappiamo di alcuni passaggi segreti che portano alla riva del mare. Sono antiche correnti d'acqua che nel tempo hanno perso il loro elemento liquido e si sono lasciate dietro una serie di cunicoli segreti...

"E cosa ci guadagnerebbe raggiungendo il mare?

"Mio figlio Michael gli avrebbe fornito un gommone e del cibo. Con questo ci si può avvicinare alle zone frequentate dalle imbarcazioni connazionali.

Cameron sembrò riflettere sulle parole del suo soccorritore, dopo alcuni istanti in cui rimase in silenzio, durante i quali non staccò gli occhi dalla figlia del dottore, che si chiamava Signe. Alla fine disse:

"È rischioso, ma penso che sia la mia unica possibilità.

" Sì lo è .

"Va bene, allora quando?

"Mattina.

"In accordo.

Durante quella notte Cameron non riuscì a dormire, i suoi pensieri volarono a ciò che li attendeva. Lanciarsi in mare aperto su un gommone, e circondati dai nemici, non era impresa facile. Tuttavia, ha capito che era la sua salvezza, perché gli italiani non avrebbero lasciato nulla di intentato fino a quando non lo avessero trovato. Era in grave pericolo restare in quella casa, e inoltre, per i suoi proprietari era un grande impegno. Decisamente, era suo dovere. Durante la notte fu assalito dagli incubi più terribili. Credette di essere sempre sorpreso dagli italiani e in altre occasioni credette di vedere il giovane Signe, martirizzato dai nemici, sottoposto a durissimi interrogatori. Tuttavia, la luce dell'alba dissipò le loro sofferenze.

Quando scese in sala da pranzo, tutti lo stavano aspettando. Cameron si sentiva infastidito da tanta gentilezza, perché non aveva mai pensato a un simile aiuto.

"Ciao. Come hai dormito?

Mentendo Cameron ha risposto:

"Bene molto bene.

"Ne siamo contenti.

Dopo il pranzo, durante il quale si vigilava attentamente nel caso gli italiani si avvicinassero alla casa, Cameron, tirando fuori dalla tasca dei pantaloni la fotografia che aveva trovato, nel luogo che fungeva da nascondiglio, chiese:

"Conosci questo individuo?

La fotografia passò di mano in mano e tutti negarono di conoscerlo.

"Comunque: ero a casa tua però!

Il vecchio dottore rispose:

"Non ne dubitiamo, perché io stesso ho visto questa fotografia in un'altra occasione.

"Come?

"Vedi, in questa casa circa un anno fa c'era l'alto comando italiano e vi si tenevano una serie di riunioni o convegni. Quella fotografia che hai trovato durante la tua reclusione nella stanza è stata dimenticata da uno di quelli che erano qui. Capisce?

"Vuoi dire che appartiene a un italiano?

"Sì, a un capo di stato maggiore italiano.

Cameron rimase in silenzio per qualche istante, poi con voce lenta e compiaciuta disse:

"Grazie per il chiarimento.

"Non meritano, e parlando di qualcos'altro. Siete pronti per partire stasera?

"Sì.

"Bene, mio figlio Olaf ti fornirà tutti i dettagli.

"Va bene.

Cameron guardò di traverso Signe che era seduta accanto a lui e notò la grande emozione che la colse.

CAPITOLO XVIII

RESTITUZIONE

«Buona fortuna, maggiore.

"Grazie, Olaf. Non dimenticherò mai il tuo aiuto.

"Non è importante.

" Sì , lo fa. Più di quanto immagini.

La notte era completamente chiusa. Il cielo coperto di nuvole nere rubava ogni visibilità. Le acque del mare erano serene. Avevano già messo tutte le provviste nel gommone. Cameron ha teso la mano a Olaf mentre diceva:

Arrivederci e buona fortuna, tornerò.

«Fino all'altro.

La zattera galleggiava sulle acque con grande agilità, a poco a poco si allontanava dalla costa, e quindi entrava in acqua. La piccola bussola che Olaf aveva regalato al maggiore gli bastò per orientarsi in mezzo all'elemento liquido. Non si vedeva la minima luce e il buio era padrone dello spazio. Lo spirito del maggiore Cameron, sopraffatto dall'orrore di quella notte, dava la sensazione di trovarsi in un mondo inesistente.

Il Maggiore navigava già da tre ore quando decise di controllare la rotta che stava seguendo. Usando la carta e la bussola, fornite da Olaf, Cameron si assicurò che stesse andando nella giusta direzione. Gli eventi che ore prima erano vissuti, rimasero vivi nella mente del Maggiore. Gli sembrò di sentire la voce debole di Signe che lo salutava, così come i suoi occhi pieni di lacrime che voleva nascondere dietro una deliziosa vergogna.

La brezza marina sussurrava nelle orecchie del maggiore, l'acqua rimaneva calma e la temperatura era piacevole. Alle otto e quaranta del mattino, Cameron stimò di aver percorso poco meno della metà della distanza che lo separava dai suoi connazionali. La brezza che aveva soffiato tutta la notte, gonfiava le piccole vele della sua barca, spingendolo verso la sua destinazione. Le luci dell'alba illuminavano la superficie del mare che appariva pulito e sereno, salvo le naturali ondulazioni. Alle dieci sono passati a una cinquantina di metri da dove si trovava Cameron, uno stormo di delfini, saltando fuori dall'acqua, esponendo il loro dorso metallico. Lo spettacolo è stato bellissimo. La velocità raggiunta da questi pesci era straordinaria, e in pochi minuti erano scomparse, la vista. Verso le undici il più anziano poteva sentire il motore di un aereo. Lo cercò nell'azzurro del cielo, e finalmente lo distinse molto a nord e abbastanza in alto. Rimase per qualche secondo con gli occhi fissi sull'apparecchio, finché fu sicuro che fosse italiano. Forse lo stavano cercando? Camarón capì quanto fosse difficile localizzarlo, dal momento che non era altro che un punto invisibile in un'immensa pianura.

Erano passate quattro ore da quando Cameron aveva visto l'aereo italiano, quando davanti a lui, a sud, riuscì a distinguere il pennacchio di fumo, lasciato da una nave. L'inquietudine lo travolse. La cosa più sicura era che quella nave era inglese, perché navigava molto a sud, e fino a quel momento la squadriglia nemica non aveva osato spingersi così lontano. Con il binocolo guardava ansioso verso il luogo da cui usciva la colonna di denso fumo nero. Ma una leggera nebbia impediva all'uomo più anziano di distinguere chiaramente le caratteristiche della nave.

Nel giro di un'ora, Cameron è stato in grado di accertare che la nave era britannica e che la rotta che stava seguendo si stava avvicinando a lui. La gioia lo travolse e con i nervi tesi attese il momento in cui sarebbe stato salvato. Il vento era aumentato di volume, così come le onde, così la barchetta danzava sull'acqua. Ogni volta che sprofondava nel ventre formatosi tra onda e onda, la nave scompariva dalla sua vista, ma quando veniva sollevata di nuovo da uno specchio d'acqua, la sagoma della nave gli riappariva davanti.

In piedi in cima alla barca, facendo dondolare la camicia sull'estremità del remo, il maggiore Cameron stava cercando di attirare l'attenzione dell'equipaggio della nave, che si trovava a una distanza relativamente breve da lui. Nella sua navigazione, la nave aveva descritto un semicerchio per quanto era stato tracciato sulla sua rotta. Cameron urlò con tutte le sue forze. All'improvviso, con infinita gioia del maggiore, la nave fece uno scarico, con uno dei suoi pezzi di prua. Lo avevano visto!

Quando Cameron finì di mangiare, si appoggiò allo schienale del suo comodo sedile e per qualche istante rimase in silenzio, osservando il primo ufficiale della nave che lo aveva prelevato. L'ufficiale, un giovane dall'aspetto distinto, si chinò su Cameron con un'espressione sorridente, chiedendo:

"Sostituzione?

Cameron con voce lenta e senza fretta, dopo aver fatto un respiro lungo e profondo, ha risposto:

"Qualcosa.

La cabina era piccola ma confortevole, con tutte le comodità che si possono chiedere e desiderare a bordo di una nave da guerra. Dal piccolo spioncino che dava all'esterno, il sole entrava lieto, mentre la nave si dirigeva a tutta velocità verso le coste del Nord Africa.

«Tra un'ora saremo a terra.

"Quanto sono contento.

"Certo, maggiore" disse l'ufficiale di bordo con voce compiaciuta, "la sua odissea merita di essere raccontata, tra i grandi episodi.

Cameron facendo un gesto negativo con la testa, ha commentato:

" Non crederci, quello che è successo a me è molto comune tra gli aviatori. E a proposito, hai informato la base aerea di Tobruk del mio incontro?

"Sì, i tuoi capi sanno già che sei stato prelevato da noi.

"Sono contento, così saranno più tranquilli.

"Naturalmente, abbiamo ricevuto una nota dal tuo colonnello, che esprime la sua gioia nel sentire che sei sano e salvo e che stai tornando alla base.

Sul ponte, Cameron osservava la riva mentre si avvicinavano incessantemente. Le poderose macchine della nave, spingevano con vigoroso impulso l'enorme massa d'acciaio verso la sua destinazione. Con commozione e quasi incredulità, il maggiore contemplava la terra che per lui era una promessa.

"Siamo arrivati" commentò il primo ufficiale avvicinandosi al maggiore.

"Sì, e mi sento davvero eccitato.

"Capisco.

La nave si avvicinò alle banchine di ormeggio e dopo abili manovre rimase incastrata ai banchi di cemento. Guardando indietro, Cameron guardò la grande distesa d' acqua con una certa ironia. Poi si rivolse all'ufficiale e disse:

"Bene, sono già arrivato. Ti ringrazio per quello che hai fatto per me.

"Era un mio obbligo da connazionale.

"Comunque ti ringrazio.

Il primo ufficiale che stringe la mano a Cameron ha detto:

"Buona fortuna amico.

"Grazie e lo stesso.

"C'è da aspettarselo.

Un po' nervosamente, Cameron ha abbandonato la nave. Quando fu sul terreno solido del molo, si voltò verso di lui e agitò la mano verso l'ufficiale che ricambiò il saluto dal ponte. Cameron borbottò:

" «Beato te, amico...»

Pochi minuti dopo la nave britannica riprese la marcia, dopo aver riportato sulla terraferma un connazionale.

CAPITOLO XIX

E' CHIARITO UN PUNTO

La gioia del colonnello Burton nell'apprendere del ritorno del maggiore Cameron non conosceva limiti. Il capo della sicurezza sembrava felice, ma in fondo il ritorno del maggiore rappresentava per lui un fallimento, e gli faceva male. Burton, con il volto acceso dall'emozione, parlava a squarciagola, con abbondante verbosità.

"Ho vinto la partita, Cameron è tornato!

"Lo so", rispose il vecchio Wayne.

"Le tue profezie si sono sbagliate, perché tra pochi minuti sarai qui. Sicuramente porterà informazioni interessanti per noi, non per gli italiani.

Le parole di Burton colpirono il maggiore, che ascoltò pazientemente il discorso del suo superiore, senza osare replicare.

Durante il tempo di attesa fino all'arrivo dell'anziano, i suoi compagni hanno preparato un ricevimento per il suo arrivo. Poco dopo mezzogiorno si è sentito il rombo del motore di un'auto e le grida di alcuni piloti.

«È qui!» esclamò il colonnello, alzandosi di scatto.

In effetti, una "jeep" stava attraversando il campo, su cui viaggiava il maggiore. I suoi compagni corsero incontro a Cameron, che rispose ai loro saluti con grande gioia.

Quando, pochi minuti dopo, il maggiore Cameron si trovava nell'ufficio del colonnello Burton, quest'ultimo gli chiese di raccontargli in dettaglio cosa gli era successo. Alla fine della sua spiegazione Cameron rivolgendosi al capo della sicurezza ha detto:

"Per te porto un dato di grande interesse.

"Quale?

Facendo il pigro, Cameron sorridendo ha detto:

"Sono in grado di dirvi con assoluta certezza chi è il soggetto che mette al corrente i difensori di Pantelleria dei nostri interventi.

Sorpresa e curiosità rispecchiarono il volto di Wayne. Senza poterlo evitare, chiese:

"Chi?

Il maggiore sembrava pronto a tormentare Wayne, poiché non aveva fretta di chiarire le cose. Burton, d'altra parte, non ha mostrato grande interesse per la questione. Alla fine, dopo aver fatto grandi giri, Cameron tirò fuori dalla tasca della giacca la fotografia trovata in casa dei suoi soccorritori e la consegnò al colonnello Burton, il quale, avendola tra le mani e vedendola, esclamò:

"Giardiniere !

Alzandosi dal suo posto, il maggiore si avvicinò a Burton e fissò lo sguardo sulla fotografia.

"È possibile?

Il maggiore, imperterrito, spiegò come aveva trovato quella fotografia.

"Quindi è il capitano Tom Gardiner, l'informatore italiano?

"Non c'è dubbio, signore, nella fotografia che le ho dato il capitano appare in uniforme italiana. È quindi lui che informa.

Burton rivolgendosi al capo della sicurezza disse:

«Fermalo immediatamente e portalo da me.

"Si signore.

Obbedendo all'ordine di Wayne, lasciò l'ufficio, lasciando l'uomo più anziano con il colonnello, che continuò a parlare quando il capo della sicurezza se ne andò, ma con un tono meno ufficiale e più da colleghi. Mezz'ora dopo, il capo della sicurezza rientrò, accompagnato dal capitano Gardiner, che salutò con effusione il maggiore. Il colonnello Burton, con calma dopo i primi istanti, chiese:

"Potrebbe farmi un favore, Capitano?

Gardiner con grande fervore rispose:

"Certo signore.

"Bene, allora vuoi spiegarci cosa significa questa fotografia.

Burton porse al capitano la sua fotografia. L'ufficiale sembrò irrigidirsi, il suo volto assunse l'inespressività del granito, e nel più impressionante dei silenzi guardò la fotografia. Il capo della sicurezza ha dichiarato:

"Mi dispiace, capitano, ma il mio obbligo è fermarla.

"Mi dispiace anche a me", ha commentato Burton.

Il capitano ripose la fotografia sul tavolo e, rivolto al maggiore, lo fissò fisso. Cameron, osservando lo sguardo del capitano, ha spiegato:

"È una cattiva abitudine lasciarsi alle spalle fotografie dimenticate. L'ho trovato per caso.

Il capitano, facendo un profondo sospiro e senza perdere il sangue freddo che aveva mostrato, disse al colonnello:

"Hai vinto.

"Sì, fortunatamente.

"Non ho fatto altro che rispettare ciò che i miei comandanti mi hanno ordinato di fare.

"Lo so, stavi facendo il tuo dovere informando la tua gente, ma è finita, non avranno più conferme dei nostri attacchi.

Il capo della sicurezza è rimasto in silenzio, in attesa dell'ordine di ritirarsi con il prigioniero, per sottoporlo ad un intenso interrogatorio. Burton, una volta accertata la colpevolezza del capitano, lo ha lasciato nelle mani del capo della sicurezza.

"Un nemico in meno" disse il colonnello al maggiore una volta che furono soli.

" Sì , è corretto.

"E pensa che...

"Che cosa?

"Niente , non importa.

Le tre Isole del Canale furono sottoposte a intensi bombardamenti e a un blocco totale, così la difesa delle tre isole iniziò ad indebolirsi, ancor di più quando i presidi difensivi iniziarono ad esaurire i rifornimenti.

Il maggiore Cameron, volo dopo volo, si rese conto della continua debolezza dell'isola, così capì che non ci sarebbe voluto molto per arrendersi. Per due volte nei suoi voli, terminata la sua missione, è entrato nel terreno dell'isola, sorvolando la casa dei suoi soccorritori, che hanno capito subito chi stava pilotando quell'ordigno.

A braccia incrociate sul petto, il colonnello chiese:

«Che succede, Cameron?

"Gli italiani non dureranno a lungo. In ogni volo che faceva, notava una grande perdita, nel fuoco difensivo.

"Forse sarà questione di due o tre giorni.

"Credo di si.

"E poi in Sicilia.

Burton si avvicinò a una mappa appesa al muro e, fissando gli occhi sull'isola di Sicilia, disse:

"Con questo, daremo inizio alla fine della guerra.

"A Dio piacendo.

«E anche gli uomini. Cosa pensi di fare quando la guerra sarà finita?

Cameron senza la minima esitazione ha risposto:

"Se ne uscirò vivo, cercherò un buon lavoro con una compagnia aerea.

"E per quanto riguarda il matrimonio?

"Se c'è un'opportunità, perché no?

I due soldati continueranno a parlare a lungo, di vari argomenti, tralasciando la guerra e le sue complicazioni.

Gli apparati da combattimento atterravano e decollavano in continuazione dalla base di Tobruk, per continuare a schiacciare il terreno delle tre isole, che, in bella vista, stavano perdendo capacità difensive.

CAPITOLO XX

DESTINO

L'ordigno si muoveva su quello che era stato un fondamentale punto di difesa per Pantelleria. Reparti da sbarco delle forze inglesi avevano toccato la costa dell'isola, e gli italiani si arresero senza opporre resistenza. Gli inglesi riconobbero che i nemici si erano comportati eroicamente nella difesa di quel pugno di terra, ma la mancanza di acqua, viveri e munizioni aveva accelerato la sconfitta degli italiani.

Dopo il volo di osservazione sull'isola, Cameron è rientrato nella nuova base di Pantelleria, una volta che le squadre dei servizi ausiliari hanno riempito i fumaioli prodotti in campo dalle bombe sganciate nel continuo e pesante bombardamento. Dando qualche sobbalzo, a causa della pista difettosa, il maggiore atterrò, per la prima volta con il suo aereo, sull'isola. Ha diretto il suo aereo verso il gruppo e, una volta dentro, ha rimosso il contatto, spegnendo il motore.

Il sole picchiava forte sulla strada. L'auto scoperta, su cui viaggiava Cameron, correva a passo svelto. Dopo circa mezz'ora di viaggio, raggiunsero la sommità di un piccolo rialzo del terreno, dietro il quale appariva il villaggio, in cui l'anziano aveva trovato protezione. Da lassù cercava con una certa ansia la casa in cui voleva trovarsi. A destra, linda e orgogliosa, si ergeva la casa a due piani. Cameron era eccitato quando l'auto iniziò a rotolare verso l'edificio.

Olaf era uscito quasi di corsa per incontrare l'anziano, alle sue spalle apparve il dottore. Cameron ha salutato calorosamente i due ma è stato comunque un po' scoraggiato quando non è riuscito a vedere Signe. Il vecchio dottore, come indovinando i desideri dell'anziano, disse:

"Le donne sono civettuole. A volte passano mezz'ora a combattere un'increspatura, che si allontana da dove dovrebbe essere, ma non credo che la battaglia durerà a lungo.

Cameron, sollevato dalle parole del dottore, ha risposto:

"Ora capisco.

Per una decina di minuti, al riparo dal sole sotto un tendone di canne, il medico spiegò all'anziano come gli italiani stessero perdendo le forze, finché arrivò il momento della resa.

«Li hanno perquisiti di nuovo?

"No, non hanno avuto tempo.

I tre uomini continuarono a parlare finché...

Signe era bella, molto bella, e Cameron provò uno shock quando la giovane donna gli apparve improvvisamente davanti, forse con movimenti studiati ed espressioni provate. Il maggiore si alzò e tendendo la mano a Signe, l'unica cosa che gli venne in mente fu di dire:

"Ciao.

La giovane donna più decisa ha mostrato una grande gioia per il ritorno dell'anziano e lo ha assediato con domande sul suo viaggio di ritorno in Africa e altre cose.

Fischiettando allegramente, Cameron si appoggiò a una tanica di benzina mentre guardava il suo dispositivo che veniva controllato. All'improvviso qualcuno gli chiese alle sue spalle:

"Cos'è questa gioia?

Quando il maggiore si voltò, vide il colonnello che lo guardava accigliato. Cameron, dimenticando le formalità militari, ha chiesto a bruciapelo:

"Posso uscire a cena stasera?

"Un permesso?

"Sì.

«Ne discuteremo davanti a una birra, ok?

"Per me sì.

" Allora andiamo.

Burton ha mostrato grande simpatia per Cameron. Mettendo la mano sulla spalla dell'anziano, disse:

"Forse è l'ultima birra che beviamo insieme...

"Come?

«Domani tornerò a Tobruk e tu rimarrai qui fino a nuovo ordine. Chissà dove andranno? E poiché questa è l'ultima volta, forse, che mi chiede un permesso, glielo do.

"Grazie.

"E dove hai intenzione di andare?

In poche parole, Cameron ha spiegato il suo incontro con coloro che gli avevano salvato la vita, e di essere stato anche invitato quella sera a cena con loro. Burton sorridendo e picchiettandosi il naso con la punta dell'indice disse:

"A me puzza di sale.

"Cantare?

"Bene, al matrimonio.

"Dio dirà.

Prendendo l'ultimo sorso di birra, Burton disse:

"Dio l'ha già detto.

Burton si allontanò, mentre un sorridente Cameron lo osservava.

Il giorno stava morendo quando Cameron si è seduto sul sedile posteriore dell'auto ufficiale, diretto alla casa dei Clift, la sua immaginazione ha materializzato il volto di Signe e Limerón ha sentito un grande desiderio di stare con lei.

Il dottor Ruter Clift, mentre riempiva il bicchiere del suo ospite, osservò che non distoglieva gli occhi da sua figlia e la sua rapida comprensione gli fece vedere cosa sarebbe successo.

"Ti piace l'isola?

Cameron, come uscendo da un sogno, ha risposto:

"Sì. La conoscevo già, circa quindici anni fa ero qui.

"È interessante...

Ma Cameron prestava poca attenzione a quello che dicevano. Non vide altro che il bel viso di Signe e non udì altro che la voce del colonnello Burton che diceva: "DIO L'HA GIÀ DETTO".

FINE